藍小說 948

村上朝日堂嗨嗬！

村上春樹

安西水丸 繪圖

賴明珠 譯

目錄

白小姐和黑小姐不見了？

前幾天，無緣無故地忽然想到，最近怎麼完全沒看到白小姐和黑小姐出現的卡通化妝品廣告了。三十幾歲的年輕太太和二十幾歲的小姐，兩個人輪流出現，一下變黑一下變白，「哎呀，白小姐最近怎麼忽然變白了呢？」「嗯，是啊，因爲我最近用了××啊。」就是那對白的場面。從頭到尾同一個模式。記得嗎？我還滿喜歡那個廣告的。如果再也看不到的話，倒有點遺憾。角色輪流變白變黑的地方，滿有意思的。像那樣經常交換立場，會不會有時搞錯，兩個都變黑，或兩個都變白呢？一面這樣想著一面看，不過竟然沒有一次搞錯。有一個變白時，另一個就黑。一個變黑時，另一個就白。

那個廣告到底是播到什麼時候的？我問周圍的人，誰也不知道。不知不覺之間，「對呀，這麼一說，」就沒了。「是啊，聽你這麼一說，最近沒看到了。」這種感覺。

最近膚色白好像不太受歡迎，所以我想廣告大概也變得很難做下去了吧。

白小姐是好○，黑小姐是不好×，這樣單純的兩極結構模式已經不通用了。於是那個廣告基礎也消失了。黑小姐和白小姐如果開始談起：「這是到聖莫里茨（Saint Moritz）滑雪時曬黑的。」「哇，好棒啊，妳去了幾天？」這樣的話，廣告大概很難收場。而且如果連小麥色小姐的角色也出場的話，到底什麼是好什麼是壞，就變得更難判斷了。從前事情很單純的，眞好。

而且一提到白小姐和黑小姐時，好像有點像最近脫衣舞小屋的招牌那種氣氛。像「黑白絕配。綑綁黑子・悶騷白子」等。如果可能的話，最好是由黛安娜・蘿絲（Diana Ross）和奧莉薇・荷西（Olivia Hussey）聯合演出。這種演出我倒想看看，不過不可能吧。

那麼再來繼續談談廣告，這白小姐和黑小姐的系列固然好，不過前陣子養命酒的廣告也不錯。這是大約八格的漫畫，主角名字是一郎，從名字來看就很老實的小學生。這個一郎的母親身體虛弱，動不動就臥病在床。所以一郎就算去上學，也無精打采。

但聽了這件事的同班同學阿進（名字聽起來就很親切），告訴一郎說：「我媽以前身體也很虛弱，可是自從喝了養命酒以後最近一下就強健起來。」一郎回到家告訴母親。母親認眞聽完就說：「那麼我也來喝喝看養命酒吧，」喝了當然元氣大振（畢竟是廣告嘛，不可能不元氣大振）。最後一幕是一郎全家到奧多摩一帶去登山的畫面，母親已經變了一個人似的強健起來。不但媽媽臉色變年輕，連爸爸也不再憂慮，很開心的樣子。一切都因爲養命酒的關係。太棒了。

這個廣告的邏輯，和「白小姐黑小姐」的情況一樣。換句話說是由擁有某一種知識而得救的人A，把知識和原來沒有這種知識因而吃虧受苦的人B分享，把對方拉拔到和自己一樣的地位。不過A並沒有因此而對B表示「是我救了你的」施恩態度。純粹是一種不求回報的善意，出於助人的好心。A只是向B提示應有的狀態而已。而且A對B也能和自己一樣處於同樣地位而誠懇地感到喜悅：「太好了。」

我覺得這是一件了不起的事。或許白小姐也是普通人，所以其實內心難免輕視黑小姐：「哼，什麼嘛，什麼都不懂。」不過雖然如此，白小姐並沒有使壞心眼，還是確實把有效情報告訴黑小姐，黑小姐因此而得到幫助。白小姐爲了自己曾經有過瞬間的壞心眼，而暗自感到羞愧。很可能是這樣。

你可能會說這不太實際。沒錯。確實可能不太實際。簡單說，這其實是過去戰後民主主義的理想世界。換句話說其中儼然存在著一種應有狀態這東西，只要努力，人人都可以達到那個境界。

當然就算在那樣的世界，人並不是都一律平等的。白小姐可能還是比黑小姐略勝一籌，阿進可能也比一郎前進一步，大家都平等的世界並不存在。這是當然的事。不過這姑且不提，至少白小姐和阿進都能稍微停下腳步來，對後面跟來的人伸出援手，他們都有這樣的心意。

我並不是說從前很好現在不好。世界並沒有這麼單純。不過我覺得那個時代，有些地方好像確實有這種心意存在。當然也有些地方沒有。不過有些地方眞的有過。所以白小姐繼續幫助黑小姐，阿進繼續幫助一郎，那有相當長一段時間，以一種系列廣告的類型發揮過作用。

我想其中確實存在著一種類似精神的餘裕。或者可以稱爲存在著所謂遊戲空間，或精神的預備空間般的東西。我想這是因爲所謂「烏托邦世界是存在的」——就算現在不存在，但在什麼地方應該確實存在——這想法曾經以一種共同幻想存在於人與人之間。在那樣的世界就算多少有別，人都是體力充沛的，女性都是皮膚白皙的，奧多摩都是天氣晴朗的。

不過現在當然那樣的幻想消失了。社會的速度把它完全吞噬掉。而幻想本身也被商品化了。幻想現在已經成爲資本投入的新地域。幻想已經變成不再是免費而平等分配給大家的單純東西。幻想已經被多樣化、洗練化後，加以美麗包裝成爲商品了。而且在這樣的世界裡白小姐可能已經分不出什麼是善，阿進可能已經決定「不要多管閒事」了。

白小姐和黑小姐到哪裡去了呢?是這篇文章的主題。

可能無處可去吧。

吃虧的山羊座

我是一月十二日生的，所以以星座來說屬於山羊座（魔羯座），血型是A型。

我太太是十月三日生的天秤座。從占星學上來說，山羊座和天秤座的組合好像性向不太合的樣子。換句話說山羊座天生是腳踏實地勤奮工作的認眞個性，天秤座卻是東飄西飄多嘴多舌的個性。浮遊，輕沾。以山羊座看來，會覺得：「怎麼搞的，做事沒耐性嘛。」反過來天秤座的人會覺得：「哼，不會變通的死腦筋」。確實很難溝通。因爲覺得有趣，就拿我和太太的生日去請一位很有名的占星師指點，那時候也被說：「啊，這個很糟。山羊座．天秤座，光個性就不配，看生日更是其中最糟的星運了。行不通，最惡劣的組合。請放棄吧。」

不過自從那次以後，已經流逝了相當長的歲月，我們終究還生活在一起。有時候我雖然也會對太太傷透腦筋，「這怎麼說都太那個了。豈有此理，太過分了。」不過從占星學上來說，事態可不只這樣而已，而是應該更糟糕更糟糕才對的，所以總之我想看看到底會有多糟糕，生活在存心想徹底看個清楚的感覺中。這種生活方式也未嘗不能說自有相當深刻的味道。心想：「不，這沒什麼。應該還有更深的底吧。」我忽然想到，這種想法說不定是結婚生活中的幸福之鑰也不一定。雖然沒打算積極向別人推薦，不過也算是一種生活方式。

本來我就是一個對占星術沒興趣的人，對星座或血型和陰陽界之類的事，並不太在意。不是徹底不相信，或輕視相信的人。只是單純的沒有積極去接觸的興趣而已。我想世間有這種東西也不妨。不過並不想自己主動去介入。例如就算被某個占星師說：「你今年的運沒有任何一件好事，只會逐漸往下沉，」我也絲毫不在乎。因爲沒興趣，所以我只會想：「哦，是嗎？」以經驗來說，這種占卜有時很準，有時不準。所以一一去費神也沒有用。我想只要把份內該做的事確實做好，總不會發生什麼太壞的事吧。

不過我例外地對這「山羊座和天秤座的組合沒什麼好事」的占星學說法深信不疑。從經驗來看，全都說準了。不知道爲什麼，我周圍這種山羊座和天秤座的成對組合特別多。因爲我非常知道會帶來什麼樣的災厄，因此當有這樣組合的一對快成功時，我總會說：「沒什麼好結果，還是趁早分開好。」這樣忠告他們。不過當時對方頭腦已經發燒，所以勸告也無效，全都相繼結婚了。就像嘲笑諾亞的忠告，最後被洪水淹死的愚蠢的人那樣。不過我想世間就是這麼回事。所謂災難的實體是什麼樣的東西，非要實際降臨自己身上才能了解。

這些人結婚後大約經過一年，一定會跑到我這裡來，嘀嘀咕咕猛抱怨。來的多半是山羊座的（不知道爲什麼，我周圍女生山羊座，男生天秤座的組合很多）。你要問抱怨什麼嗎？這大體上有一定的類型。也就是「現在的生活，我這邊壓倒性的吃虧」。具體舉例來說，(1)先生夜晚遲歸，而我如果不起來準備吃的他就會生氣，(2)我辛辛苦苦節衣縮食存的錢，先生卻一口氣花掉在自己喜歡的東西上。(3)明明兩個人都上班，卻只有我一個人做家事。(4)我沒興趣的事情也要陪著他做，不然他就會生氣，(5)可是我有興趣的事情，他卻完全忽視，(6)他口才好能言善辯，所以每次爭論都說不過他，(7)他不高興起來一連幾天都不高興，(8)可是我只要有一點不高興，他就會更不高興。只有我需要陪小心，好像傻瓜一樣。像這些情況。雖然還有很多，不過因爲沒完沒了，所以就不再多說了。我在寫這些時，心情也漸漸黯淡起來。

這時候我多半會先同情一番，然後才說：「不過，我當初不是跟妳說過了

嗎？」跟天秤座結婚的山羊座並沒有好事，這個世界對她們可沒那麼好。我把這種天秤座．山羊座的組合命名爲：「吃虧的星座．山羊座」。這怎麼樣都無所謂，只是模仿搖滾音樂劇《毛髮》中的「光輝的星座．水瓶座」。寫成歌詞就成爲：

閃耀在夜空
可悲的星座
無論到哪裡
都煩惱不斷
這是命運啊，認了吧
山羊座……

總之唱一唱這首歌，讓對方認

命。不過好悲哀的歌啊。

既然是屬性這樣不合的山羊座．天秤座的組合，你如果要問婚姻生活最後是不是破局？倒也不然。雖然事態永遠不會改善，不過一面嘀嘀咕咕猛抱怨，卻也平安無事地勉強維持著。這可能因爲山羊座生來就習慣吃虧的關係。或者天秤座在關鍵時刻能順利保持平衡的關係吧。

再回到山羊座A型的話題，我覺得世上好像難得有比山羊座A型的人更被貶低的存在了。不管看什麼樣的占星師，都只會說出徹底不妙的運勢來。什麼「就像平常那樣認眞而規矩」、或「不要勉強要務實，欲速則不達」、或「囂張逞強反而會燙傷」、或「注意下半身別受涼」之類，盡是這些說法。心想他們偶爾寫個「把一切都忘掉，讓愛火盡情燃燒」、或「放膽往藝術方向走」也好啊。可是我怎麼看都只覺得負責寫占星頁內容的人好像是以寫山羊座A型的壞話爲唯一樂趣似的。

我跟山羊座A型的人提到這件事時（不知道爲什麼周圍有相當多這種人），大家都贊同說，是啊，是啊。都覺得當山羊座A型的人眞厭煩了。我有時眞想瀟灑地對女孩子說：「我是天蠍座AB型的，妳如果不小心一點的話會受傷噢。」如果不行的話，水瓶座B型也可以。如果還不行，那麼獅子座O型也好。不管什麼都比山羊座A型好。

不過這形象太不起眼的山羊座，到底山羊座的名人是比其他星座的人多還是少，我曾經試著做過一次調查。翻閱一下美國紳士名人錄，花了一整天時間仔細查過每個人的星座。並做了一個星座表。從結論來說，並沒有什麼名人特別多，或特別少的星座。大體上很平均。被稱爲藝術方面不太適合的我們山羊座，這方面也不落人後。大衛・鮑伊（David Bowie）、黛安・基頓（Diane Keaton）、卡萊・葛倫（Cary Grant）、唐娜・桑瑪（Donna Summer），也都是山羊座。

各位山羊座的朋友，大家一起加油吧。不久後可能會有好事也不一定。

告別所謂青春的心理狀態

青春結束了。

一看到開頭這樣一句會覺得有點可怕吧？我也覺得可怕。不過總之已經過去了，所以沒辦法。快接近四十歲了，而且如果稍微偷懶不運動的話，側腹部的贅肉就有點令人擔心了。清理牙齒也比以前用心多了。和年輕女孩喝酒時，不得不特別注意不要說溜嘴，變得像說教似的。我以前的偶像搖滾歌手吉姆・莫里森（Jim Morrison）已經死去很久，「海灘男孩」的布萊恩・威爾森（Brian Wilson）也因為古柯鹼中毒而虛胖浮腫起來。同齡或年齡相近的女性朋友都結婚了，其中大多已經有小孩，再也沒有人要跟我玩了。話雖這麼說，就算試著跟年輕女孩交談，無論如何共同話題都很有限，所以往往長談不下去。對，自己已經步入中年了。不管願不願意。

我到現在為止小腹還沒凸出來，體重幾乎和大學時代沒有差別，頭髮也幸虧還很茂盛。健康是我的優點，從沒生過病。雖然如此，歲月還是不饒人。

當然。歲月就是爲了這個而存在的。如果歲月失去了歲月的機能的話，宇宙的制度就會混亂掉。所以我並不覺得悲哀。至少現在還不覺得悲哀。我想這樣也好。沒辦法啊。

就算要讓我再回到二十歲一次，我首先就會覺得麻煩。那回事——好雖然好，當時是很快樂——不過我想一次就夠了。就這樣，我並不想回顧過去。有過去的我，有現在的我。可是現在有的是現在的我，不是過去的我。我只能和現在的我好好相處下去。

青春是什麼時候結束的，這基準因人而異。可能有人覺得好像是在不知不覺之間滑溜溜地溜走的，可能有人可以明確掌握是在某一個時間點結束的。

上次我遇到一個以前的朋友談了起來，他突然說出：「我最近深深感覺自己的青春已經結束了。」

「怎麼會呢？」

「因爲，我有一個兒子。六歲了。我看著他，有時候就會這樣想。以後這孩子會長大，會遇到各種女孩子，會談戀愛，睡覺，會有很多這類好事情。可是我卻不會再遇到這種事了。以前是有過噢。可是以後卻沒了。說起來很愚蠢，不過總之我在嫉妒。對兒子往後的人生。」

「你現在開始還是可以和誰戀愛呀。」

「不行。我已經沒那個勁兒了，而且就算有，那種感覺也不會再回來了。」他說。「也就是說，我所謂青春結束了，是指這個。」

「你是說因為嫉妒兒子，而知道自己的青春已經結束了嗎？」

「沒錯。」

我的情況，感覺青春已經結束，是在三十歲的時候。現在還清楚記得當時的情況。可以非常細微地描寫出來。我在麻布一家雅致的餐廳和一位美女一起用餐。話雖這麼說，並不是兩個人單獨用餐。我們總共四個人。而且是為了談工作。完全沒有羅曼蒂克的氣氛。我跟她見面，那天還是第一次。

第一眼看見她時，我嚇了一跳。因為她長得跟我以前認識的女孩子一模一樣。不但臉長得一模一樣，氣質一模一樣，連笑的方式都一模一樣。我以前很喜歡那個女孩，兩個人交往到還不錯的地步，不過不知道為什麼分手了，從此沒再見過面。現在怎麼樣了，也不清楚。

她長得和那個女孩子真的一模一樣。因此我一面坐立不安心跳不已，一面喝著葡萄酒，吃著法國餡餅（Pate），喝著湯。覺得往日時光彷彿重新甦醒過來了似的。就算不會因此就怎麼樣，不過也是一種相當美好的感覺。是不錯。

模擬體驗——就像遊戲一樣。

我們一面吃東西，一面談著工作的細節，我偶爾看看她那邊。瞄她一眼想再確認一次她說話的方式和吃生菜沙拉的方式。越看越覺得她和我以前的女朋友很像。說真的，像到令人心痛的地步。不過也因爲年齡的關係，她時髦多了。穿的衣服、化的妝、梳的髮型和裝扮，全都很時髦。我在想，以前那個女孩子年齡增加以後，也會變成這樣嗎？

用餐完畢，甜點上了，喝著咖啡。工作也大致談完。以後應該不會再和她見面了，我並沒有特別想和她再見一面。不管多像，不用說，她和我以前的女朋友是不同的人。那只是模擬體驗而已，只是幻想。雖然能和她一起吃飯相當快樂，不過那是另一回事。不需要一再重複好幾次。那只不過是偶然擦肩而過就會立即消失而去的東西。

這我很清楚。我已經三十歲了，這一點道理，我還分辨得出。不過同時也覺得並不想就這樣結束。我最後試著這樣說！「嘿，妳跟我以前認識的女孩子長得一模一樣。眞的像到讓我大吃一驚的地步。」我不得不說，但其實不該說的。我一說出口，立刻就後悔了。

她微微一笑。非常美麗的笑法。完結式的笑法。然後這樣說：「男人經常會這樣說。我覺得是很好聽的說法。」簡直就像某部電影的台詞，她這樣說。

我很想說，不是這樣，這不是好聽的說法，我並沒有要對妳甜言蜜語，妳真的和那個女孩子長得一模一樣。不過我沒說。我想不管說什麼反正都白說。沒辦法。於是我沉默不語，話題就轉到別的地方去了。

對她所說的話我並沒有感到生氣或不愉快。我只是放棄了而已。而且甚至理解她的心情。她可能以前也聽過幾次別人說這類的話。可能因爲是一個美麗而有魅力的女性，所以曾經遇到各種麻煩而討厭的事。我也已經了解，美麗又有魅力的女性往往會遇到討厭的事。所以完全沒有因此而怪她。不過當時，在麻布的雅致餐廳的餐桌上，我心中的某個東西卻失去了，損壞了。毫無疑問。我過去一直信賴著生活過來的某種無防備——類似無條件放手不管的無防備般的東西，因爲她的一句話而瞬間消失、蕩然無存了。雖然說來不可思議，不過在我相當苦的日子裡，只有那個是我珍惜又珍惜地寶貝著不讓那受傷的東西。爲什麼這樣寶貝地珍惜呢，這很難說明。當然，我以前是喜歡那個女孩子的。不過那已經是結束的事了。所以換句話說，我一直珍惜地守護著的，正確說並不是她，而是她的記憶。她所附隨著的我的某種心的狀況。唯有某個時期的某種狀況才能給予的，某種心的狀況——竟然就那樣消失無蹤了。就在和她交談的短短一句對話之間，瞬間消失了。

而且就在那消失的同時，以青春之名稱呼的模糊的心理狀態可能也結束掉了。我可以意識到。我已經站在和以往不同的世界了。而且這樣想。爲什麼事情的結束，總是就那麼一下子，而且原因微不足道呢？因爲她並沒有說什麼嚴重的話。那眞是——大概是無罪的——輕淡的對話而已。甚至可以當成一句玩笑。

如果她知道自己說出的一句話，結果竟然爲我的青春拉下閉幕的話，我想她一定會很驚訝吧。不過事到如今，誰在什麼時候爲我拉下閉幕，對我眞的都無所謂了。

事到如今。

腔犯甜瓜

最近電影片名的日文翻譯似乎沒什麼好片名。賣座電影像《Star War》（星際大戰）、《E.T.》、《Jaws》（大白鯊）、《Raiders of the Lost Ark》（法櫃奇兵）等，不知道爲什麼多半直接沿用原名。像《Raiders of the Lost Ark》、《Blade Runner》（銀翼殺手）等片名，猛一聽，完全搞不懂到底是什麼樣的影片。我覺得這樣很不親切。不過倒也有像《Raiders of the Lost Ark》還加上所謂「失去的聖櫃」之類副標題，更加搞得莫名其妙的例子。

最近我很不明白的還有，金．懷德（Gene Wilder）和李察．普萊爾（Richard Pryor）主演的《絲打．克雷吉》的電影。這部電影的原名並不是叫做《絲打．克雷吉》（《Star Crazy》），而是《絲得．克雷吉》（《Stir Crazy》），不過你知道“Stir Crazy”是什麼意思嗎？我完全不知道。因爲不知道，所以查了一下大字典（小字典上沒有），字典上寫著：mentally ill because of long imprisonment，換句話說就是長期被關在監獄因此頭腦瘋掉了。這當然是俚語。這種日本人再怎麼絞盡腦汁也搞不懂的麻煩語言，就那麼原封不動地當成日本公開上映時的片名，沒道理吧。猛一聽到音譯的發音，誰都會以爲是“Star Crazy”，所以我認爲這是發片公司的疏忽或怠慢。這種情況才更是發揮翻譯本事的時候，應該取一個強有力的片名好好撈一票，這樣想才對吧。

從前的人可能會翻成「天翻地覆監獄騷動」，不過這又太古板了，所以暫且叫做「監獄樂園」或「逃獄笑談」（當然，只是舉個例而已），就可以一目了然，知道是一部喜劇，而且是講監獄的事了。結果居然取個《絲打．克雷吉》，誰會知道什麼是什麼呢？

這一點，以前的人取洋片名就眞的認眞多了。雖然有時候太認眞，搞得片名和原名聯想不起來，也傷腦筋，不過雖然如此，也自有那樣的獨特味道。

例如“It Happened in Brooklyn”翻譯成《下町天國》，“Reckless”變成《無軌道進行曲》。“Royal Wedding”變成《戀愛準決賽》，這種做法眞愉快。雖然完全搞不清楚《戀愛準決賽》到底是怎麼回事，不過光看片名，就可能想出門到電影院去看個究竟了。因爲這是一部不拖泥帶水，很開朗爽快的戀愛電影，這種訊息從片名就已經很貼切地傳遞過來了。

今天日本的電影發行公司，把這傳統繼承得最確實的，再怎麼說都是走成人電影路線的業者。以最近的例子來說，"Liquid Assets"取名爲《超・歐娜多・犯咬》，或"Sound of Love"居然譯成《杜比・惡婆娘・腔淫》這樣厲害的片名公開上映。語言感覺很強烈。不過也很有趣。到底什麼樣的人會想出「腔淫」這樣的字眼呢？我猜，這種影片發行公司的辦公桌上，或許散著很多寫有「性」、「淫」、「犯」、「腔」、「濡」、「勃」、「液」之類暗示性字眼的卡片。員工就隨便抽幾張組合看看，做著造語工作？像「性濡」或「勃犯」之類的。像「犯淫準決賽」也很有意思。不過每天腦子裡光在想這些的話，腦袋恐怕會出問題而不由自主地想做腔性吧？

唉呀，說些什麼啊？總之我們翻譯得好的電影片名，眞的會留下很愉快的印象。

熱門音樂的世界，以前也動不動就把曲名翻譯成什麼〈悲哀的少年兵〉或〈不是小孩了〉或〈草莓單相思〉之類異想天開的曲名，不過自從披頭四出現以後，這種情況就大爲減少了，眞叫人懷念。若要問爲什麼會翻譯成〈草莓單相思〉？好像是因爲南西・辛納屈（Nancy Sinatra）在那不久之前唱了一曲〈檸檬之吻〉，因爲檸檬很暢銷，所以接下來就決定用「草莓」來打歌。這種事情我最喜歡。比方說〈葡萄的告白〉、〈蘋果的婚禮〉、〈送你一個橘子〉、或〈腔

犯甜瓜〉之類的。

我最近很喜歡的是小雷．派克（Ray Parker Jr.）的 *I Still Can't Get Over Loving You* 的歌，日本譯成〈我STILL愛你〉。這種曲名實在很呆，不過我覺得雖然缺乏品味，卻很容易記住，倒也不錯。曲名大意確實符合曲子的意思。曲名的翻譯像這樣雖然有點隨便胡扯，我倒覺得不妨。聽到霍爾與奧茲（Daryl Hall & John Oats）的 *Say It Isn't So* 時，可能會覺得：「嗯，雖然沒錯。」不過如果說：「接下來我要爲各位播出的曲子是Hall & Oates的〈葡萄的告白〉，」也不差啊。本來原理上根本就不可能有所謂完美的翻譯，我這樣說也許不太妥當，但這也不過是熱門歌曲而已嘛。

說到爵士樂，如果成爲名曲之後，狀況就更不得了。你到六本木的爵士樂俱樂部去時，女歌手一面捲著舌頭，一面說：「接著要爲您唱的一首曲子是 *I Guess I'll Have to Hang My Tears Out to Dry*」或「*Spring Will Be a Little Late This Year*」，這時候如果隨便說個「淚眼模糊」或「遲來的春天」，彼此可能比較快明白對方的意思，不過事情好像也沒這麼簡單。而且像這樣嘰哩呱啦地用英語說起來總是比較有爵士樂的味道，這也是風潮，這種事情很難說。同一首曲子由熱門音樂歌手來唱時，聽眾會說：「這是我最喜歡的曲子，」但換成由約翰·柯川演奏時，聽眾卻會說：「My favorite songs。」這完全是差別待遇。以前的人對外國歌曲，也會取個〈有口難言〉（*I Can't Get Started*）或〈月光值千金〉（*Get Out and Get Under the Moon*）之類的好曲名，我想現在也不是不可能。我以一個爵士樂迷，而且也算是在翻譯英語小說的人，可是遇到像 *I Guess I'll Have to Hang My Tears Out to Dry* 這樣的曲名，實在也很難一口氣說得很溜。

千葉縣的計程車司機

我以前在千葉縣住過三年左右。因爲某種原因而搬去千葉，又因爲某種原因而從千葉搬出來。任何地方都一樣，在那裡會遇到各種有趣的事，也會遇到不愉快的事。不過已經是相當久以前的事了，所以無論是好事或討厭的事，大多都忘了。這就是搬家的好處。可以忘掉很多事。如果一直住在同一個地方，那麼想忘都忘不了的事就會越來越多。

總之這是我住在千葉時發生的事。

我家在從國鐵津田沼車站搭計程車大約車資一千兩百圓左右的地方。本來可以轉私鐵電車，或巴士的，不過這樣相當麻煩，所以我大多都搭計程車。有事情到我家來的編輯，都搭計程車來。回去的時候也叫計程車送他們。

「嘿，村上先生，我剛才搭計程車時覺得，這一帶的計程車司機，跟東京的計程車司機，臉的長相完全不同噢。」有一個編輯似乎很佩服地這樣對我說。「這一帶的計程車司機，怎麼說呢?臉看起來感覺比較像鄉下的計程車司機喲。」這麼一說我也覺得好像是。以前沒那麼仔細看過計程車司機的臉，所以不太確定，不過大體說來確實感覺像會出現在「明治捲」廣告的那種人好像比較多的樣子。

後來我到東京去時，刻意注意比較一下計程車司機的臉，回到千葉後再試著比較一下千葉計程車司機的臉，果然眞的不同。臉的長相、態度、說話方式，千葉這邊絕對比較悠閒，比較「明治捲」式的。津田沼現在已經完全被納入東京通勤圈內了，可是光以計程車司機臉的長相一件事，居然就這麼不同，連我都重新感到佩服。

爲什麼臉的長相會有這麼大的差異呢？我試著想了很多理由，不過我想最重要的原因，大概因爲出身千葉的，比較多人留下來在當地計程車行當司機。千葉本來是一個農村地帶，所以結果無論如何長相和姿態就變成「明治捲」那樣了。這一點東京說起來是全國性區域，所以長相也變得多民族性了，各種傾向都被平均化。計程車行的企業體質也帶上概括性色彩。而且和東京比起來，在千葉當司機壓力總是沒那麼大。所以司機比較不會繃得太緊、過於神經質。說起來比較悠閒。因此我想他們的臉自然就顯得比較悠哉了。換句話說，第二要素助長、補強了第一要素。如果到更鄉下的話，這種傾向應該會更強烈而明顯，不過津田沼一帶也已經可以充分感受到這種氣氛了。

以我的經驗來說，千葉的計程車司機比東京的計程車司機常和客人閒聊。感覺和客人說話的司機，比不和客人說話的司機多的樣子。我大體上不擅長和初次見面的人說話，不過例外的是並不討厭和計程車司機說話。反正下了車就彼此沒關係了，所以感覺很放鬆，而且計程車司機說的話往往很有趣。他們眞的知道很多事情。

「您看，那邊平交道前面長著松樹的地方不是有一棟大宅院嗎？那是這一帶地主的家，那家的兒子七年前殺了一個女人，在館山的海邊棄屍呢。」像這樣，對地方上的消息知道得特別詳細。這一帶的司機不像東京的司機那樣到處跑，大部分都一直在這邊工作，所以自然精通本地的詳細情況。

車子開到我們家附近一個新建的漂亮住宅區時，司機忽然說：「先生，如果有大地震的話，這一帶的房子會全部倒塌噢。」到底有什麼事呢？一問之下，說是這一帶的土地因爲地下水多，地盤很鬆，所以本地人從以前就一直放著不管，可是幾年前，土地開發業者一口氣大批買下來蓋房子賣。「不知道內情的人買了可眞可憐。」他說。雖然無法確認是不是眞的，不過聽起來像眞有其事的樣子。如果眞是這樣的話，那就很可怕了。我建議從今以後有計畫要買地的人，最好能搭當地的計程車，收集一下當地的情報之後，再做決定比較好。如果在什麼都不知道的情況下買了有問題的土地或房子，地震來了房子全部倒塌，或每天晚上血淋淋的女鬼在走廊上晃來晃去，我想總是很不妙吧。

還有一次司機告訴我，他載過一個殺人犯。雖說是殺人犯，並不是殺了人之後的殺人犯，而是在殺人之前的殺人犯。所以在搭那輛計程車的時候，他——說明起來很麻煩——是一個命運注定以後終究會變成一個殺人犯的普通人。司機用計程車載了那個還沒殺人的「普通人」殺人犯，幾個月後在電視新聞上看到那張臉之前，他一直記得那張臉。「看了電視我立刻就知道，啊，這傢伙就是那時候的客人。」

「可是一天大概有上百個客人吧？」我問他。「結果你還是記得他一個人的臉，達好幾個月之久嗎？那時候有什麼特別的事情嗎？」

「沒有，並沒有發生任何特別的事情。他只是一個到處可見的面相平凡的男人，也幾乎沒說什麼話。不過，我可以記得一清二楚。眞不可思議啊。其他客人的臉，我並沒有一一記得。眞搞不懂，爲什麼噢？」

該說是職業上的敏感嗎？我覺得眞不簡單。說不定只是單純的搞錯了也不一定，或者只是很像另一個人而已。不過以事情來說，卻眞的很有趣。聽到這種事情時，我會覺得付的計程車費都確實撈回本了。

「有的臉會給人留下深刻印象嗎？」我問。

「嗯，是啊。有。」

「那麼，我的臉怎麼樣？看過會記得嗎？」爲了愼重起見，我試著問看看。

司機透過後視鏡瞄一眼我的臉然後說：「啊，不行，馬上就會忘掉。所以先生您不會做那樣的壞事。不過可能也不會做什麼好事。」他當場立即回答。

到底該高興還是悲哀，相當難以判斷。

還有想知道客人的各種本性，也是千葉計程車司機的毛病。總之喜歡打聽人家的私事。「先生，您是做什麼生意的？」經常被問到這類問題。我那時候已經三十五歲了，住在緊鄰大學正門附近，所以經常被誤認爲學生。我老是穿牛仔褲和運動衫之類的衣服也有關係。比方說寒假搭計程車時，常常被問到：「過年不返鄉嗎？父母親不想你嗎？」之類的問題。千葉的司機很多人相當重視過年和中元節之類的事情。要說明也嫌麻煩，所以就說：「不，我工作很忙不能回去。」結果對方就很認眞的表示同情：「啊，是嗎？你也很辛苦地半工半讀啊。」在東京就不太會遇到這種事情。

我跟太太提起這件事，她說：「哦，這還算是好的呢。因爲人家以爲你還年輕。我上次還被誤認爲是大學教授呢。」即使在同一個地方下計程車，我和太太被對待的方式差別似乎也相當大。

到我們家來拿稿子的年輕女編輯被誤認爲是酒吧女。她穿著打扮相當時髦，穿了黑色洋裝來，不過只因爲這樣就被誤認爲是在酒吧工作的女服務生。要到千葉來時，出門前似乎需要好好考慮清楚，該穿什麼來才合適。「不過，酒吧女會在大白天在千葉搭計程車嗎？」她雖然很驚訝，不過說得也有道理。她好可憐，在回去的計程車上也被問到：「妳願意嫁到農家嗎？不喜歡農業嗎？都市那麼好嗎？」據說被對方諄諄勸告。「村上先生，我下次不想再去你家了。」這樣哭著打電話來。要說地方特色，也眞是很地方特色的事情。

不過千葉的計程車司機把迪士尼樂園稱爲「的是」。我在無線電上聽到幾次說：「的是方向有沒有車去？」或「現在正在往的是的方向去，」我還一直以爲千葉有一個稱爲的是這怪名字的地方。有一天忽然想到試問了一下，「嗯，先生您不知道嗎？的是，當然就是指『的是尼樂園』哪。」還被當成傻瓜。像這種強悍和激進，也是東京的計程車業界難得見到的現象之一。

錢德勒方式

很久以前我在某一本書上，讀過一篇文章提到瑞蒙．錢德勒（Raymond Chandler）寫小說的祕訣。當時內容還記得很清楚，但時間過去太久了，所以大部分已經忘記。因爲覺得內容相當有趣，想再讀一次，但也完全記不得典故出自何處。這種事情經常發生。雖然記得內容很好，但如何好法卻想不太起來。

不過那篇文章中，只有一段我到現在還記得。但只是記得這樣，細節是否正確，並沒有把握。如果錯了很抱歉。不過既然我記得是這樣，而記得是這樣的我又還存在，所以那記憶也就儼然存在。我想那也是沒辦法的事。

無論如何，我把這稱爲錢德勒方式。

首先要好好決定書桌。錢德勒說。決定一張適合自己寫文章的書桌。然後在那裡把稿紙（美國不用稿紙，不過類似這個的東西）、鋼筆和資料準備齊全。雖然不必整理得非常整齊，不過卻必須事先保持隨時都可以開始工作的態勢。

然後每天的某一段時間——例如兩小時，就兩小時——坐在那張書桌前度過那段時間。如果因此在這兩小時內可以流暢寫出文章的話，就沒有任何問題了。然而並沒有這麼順利，有些日子完全寫不出任何東西來。雖然想寫，但有時候卻無論如何都寫不好，開始厭煩起來而放棄，有時候會覺得本來就完全不想寫文章的。或者直覺告訴自己，今天最好什麼也不寫（雖然極罕見）。這樣的時候該怎麼辦呢？

例如就算一行也寫不出來，總之也請坐在那張書桌前面，錢德勒說。總之在那張書桌前面，安靜度過兩小時，他說。

在那時間內，並不需要一定拿著筆，或試著努力寫文章。什麼都不做，只是單純地發呆就行了。不過不可以做其他事情。不可以讀書、翻閱雜誌、聽音樂、畫畫、和貓玩耍，或跟誰講話。必須一直保持安靜，想開始寫時能隨時動筆的態勢。就算什麼也沒寫，也要和寫的時候一樣維持集中精神的狀態，他說。

這樣的話，就算當時一行也寫不出來，但能寫的循環一定會轉回來。急著去做多餘的事，也沒有任何好處，這是錢德勒的寫作方法。

我相當喜歡這種想法。認為以姿勢來說是健全的。當然我想這是個人偏好

的問題，像海明威那樣每次世界發生戰爭就飛到國外去，或到非洲登山，到加勒比海釣大旗魚，把這些經驗當成寫小說的題材，這種做法比較不適合我。我想這跟電視的「某某特集」根本上發想可能一樣。這樣寫東西時，程度會漸漸提高開始不自然地往尋找題材的方向走。

比較之下還是「就那樣安靜坐在書桌前兩小時，不久總會有什麼改變。」以想法來說比較正常。既不花錢，不麻煩別人，也不費事。最主要的是不必假借外力這一點最乾淨俐落。

我本來就喜歡沒事發呆，所以寫小說時，大概都採取錢德勒方式。總之每天都坐在書桌前面。能寫也好不能寫也好，都坐在書桌前安靜放空兩小時。

安靜放空，要說簡單雖然簡單，要說難也很難。確實需要有某種祕訣。雖然不像「打呵欠指南」，不過我的發呆做法不妨寫一下。首先是以雙手托腮。兩邊拇指按著下顎的腮部，小指頭壓著眼睛的一端。然後放鬆脖子的力氣，讓雙眼焦點微妙地錯開。我的情況，幸虧右眼視力只有〇．〇八，左眼視力〇．五，因此不用努力只要脖子放鬆，焦點自然就會錯開，視野就會模糊掉。

有時候，會像忽然想起來似的，稍微改變一下姿勢，不過大致上是以這樣的姿勢度過時間。我的書桌前有窗戶，窗戶對面有千坪左右的寬闊空地。是醫院保留的建地，不過因爲建築許可沒下來，就那樣一直放著不用。那空地上長起高高的茂盛芒草，和麒麟草展開熾烈的大戰。所以我大多以模糊的視線，不經意地眺望著隨風飄搖的芒草和麒麟草。

一直這樣時，不久就覺得腦漿好像變成準備煎薄餅的麵糊那樣。被這種錯覺所襲。因爲沒有好好攪拌均勻，所以好些地方還留下一粒粒麵泡疙瘩的薄餅麵糊。頭往後仰時，會感覺到咕嘟咕嘟的，那有一粒粒疙瘩的腦漿便往後方移動，頭向前傾時，也一樣咕嘟咕嘟往前方移動。因爲很有趣我就這樣試著重複做幾次。

窗外麒麟草和芒草繼續隨風飄搖著。狗走過來，又走開。飛機飛過去。現在是一九八三年春天，我三十四歲。在書桌前一直發著呆。是不是眞的不久以後還能寫出什麼呢？我想。現在什麼都不想寫。雖然不知道爲什麼。

日本長期信用銀行的文化震撼

雖然只有極少極少的部分，不過女行員從穿統一制服到穿私人便服的改變，說得小題大做一點，對日本長期信用銀行的男行員來說，是一種文化震撼。本來把全體一致當成「女孩子」的，現在卻變成競爭對象的「同事」了。這確實是有目共睹的明顯改變。

（昭和六十年十二月九日・朝日新聞）

只引用文章的一部分就加以批判，是眾所週知不公平的事，不過我個人並不太喜歡這種文章。雖然確實把狀況很有要領地整理出來，不過總結方式卻過於單純明快，使文章整體缺少了可信度。讀著之間，讓人不禁湧起「眞的是這樣嗎？」的疑問來。

例如日本長期信用銀行的男行員，眞的就因爲女行員的制服改成便服，全都感到：「哇，這是文化震撼」嗎？我想應該沒這回事。我推測其中應該也有人認爲：「制服換成便服沒什麼了不起。」或許其中有一個人認爲：「什麼？已經改成穿便服了嗎？從三天前開始？我都沒注意到。」因爲我沒在公司上過班，所以無法擁有確實自信去斷言。不過只要有人聚集的地方，就像動物有不同毛色一樣，一定會有不同聲音，不管是銀行也好，文壇也好，我覺得應該沒有太大差別。所謂集團就是這樣的東西。並不是大家都擁有同樣想法，大家都擁有同樣感覺的。我認爲有人會對女孩子穿便服感到很煩，有人覺得可愛。卻只以「對日本長期信用銀行的男行員來說，是一種文化震撼」的記述斷然總結，未免太勉強了。讀過這篇文章，就開始非常懷疑。其次所謂「女孩子」看起來已經變質成「同事」的說法，更過於武斷。當然可能有人這樣感覺。不過我實在不認爲他們全體一致清楚地達到這樣的結論。世界並沒有這麼單純。

這位記者可能問過幾位行員：「你對女行員的便服有什麼感想？」可能有人回答：「怎麼樣嗎？不知道。不是很好嗎？」可能有人回答：「這種事情怎麼樣都無所謂，我很忙，沒工夫去想。」不過這種回答很難寫成報導。於是其中有一個回答：「這確實是一種文化震撼。以前原來是『女孩子』的，現在看起來卻全都變成『同事』了。」世上就是有擅長提出結論的人。記者想到這可以寫成報導。於是把那寫成報導後，就成了像最前面那樣的文章。簡直就像日本長期信用銀行的男行員全體都這樣想似的。

這種斷定的方式，並不只限於新聞報導，某種「非小說」文章中，也常常可以看到。例如把這篇報導的開頭寫成「非小說」式的話就變成這樣：

「秋天也已接近尾聲，從街頭吹過的風中，已經可以清楚感覺到涼意的某一天早晨，日本長期信用銀行的男行員們目睹某一光景，而受到輕度文化震撼。對於在貸款課上班的河合來說，情況也一樣。河合想這到底是爲什麼呢？」

像這樣。

這種文章絕對沒有錯誤。不過也不正確。因爲是根據採訪所寫的，所以要說是事實也可以算是事實。不過卻不是眞實。是作者把事實誘導到想這樣寫，想這樣想的方向去。我並不喜歡這樣的文章。常常有人說時代已經變成現實比小說有趣，非小說比小說有力了。不過這說法是錯的。這兩種東西完全是不同的東西。所謂非小說原理上是把現實化爲小說，而所謂小說卻是把虛構現實化。去比較哪邊有力，是沒有意義的。如果沒有確實掌握住這點的話，像這篇新聞報導的文章將被大量生產廣爲傳播到世間。

話雖這麼說，我向來最討厭制服這種東西。高中時代規定要穿學生制服，我覺得眞厭煩。我覺得完全沒有意義。不過我最驚訝的是，全校學生在廢止制服、穿便服的問卷調查時，大約七成回答：「維持穿制服就好。」這讓我有點啞然。是這樣嗎？原來日本人基本上還是徹底喜歡制服的，我想。大家都反對便服化的第一個原因是：「穿便服之後，服裝華麗了，會產生互相競爭的情況，我不喜歡。」我眞難以相信。這未免太站在管理者立場，多一事不如少一事主義的發想法了。自由就在眼前了，爲什麼不伸手去抓呢？爲什麼要往後退呢？先把自由握在手上，然後爲了維持住，再去解決自己的問題。這難道不是我們的世界的原則嗎？

當然如果改穿便服的話，難免會有追求華麗的人。不過那應該只有一部分。在現實上不可能大家競相穿高價衣服。大多的人應該都是穿著極普通的合理衣服去上學吧？如果有什麼不方便的話，在那階段自己就可以想出什麼自主規定來限制或想出什麼辦法來，不就行了嗎？而且就算大家的服裝某種程度變華麗了，開始產生競爭現象，我想也沒什麼不好。沒關係。這不就是社會嗎？沒什麼大問題。人生根本就是不公平的。我們總是遲早要知道的，我想以高中生的年齡來說，知道這個絕對不算太早。不過誰也沒有贊成我這種意見。因此我到畢業以前，都穿著黑色立領制服。當然在校外的時候馬上就換上便服去玩了。

從此以後我對日本這個國家，就打心底不太信任了。現在也還不太信任。一有什麼事，就說會怎麼樣我可不管啊，每次都讓你銘記在心。這個國家有七成的人並沒有眞心追求自由。眞要命，我會這麼說，也因爲高中時代有七成學生贊成繼續穿制服的關係。

這才叫做文化震撼。

吉姆・莫里森的〈靈魂廚房〉

從一九六〇年代到一九七〇年代前半，也就是所謂「革命時代」，人才輩出的無數搖滾樂團中，到底有多少人是我們現在還能鮮明記得的？如果電影《Woodstock》再度上映，其中能有多少幕我們現在還會感到興奮？

結果，一切都過去了。那個時代能撼動我們的心，撞擊我們的身體的那種感覺，經過十年以上的歲月再回頭看時，多數才知道那不過是巧妙粉飾表面的諾言而已。我們追求，然後被賦予。不過因爲我們實在追求太多東西了，所以被賦予的東西中最後多半落入類型化。類型化的文化是該受到攻擊的，於是進行所謂對抗文化（counter-culture）的類型化。產生 counter = counter culture 的想法，產生 counter = counter = counter culture。然後當然「革命」結束了。

如果一九六九年或一九七〇年左右，世界的某個大都市（例如舊金山或洛杉磯或東京）像龐貝古城那樣，被火山灰埋葬掉的話，我想那遺跡一定很有可看性。一定會成爲歷史性壯麗景觀。不過並沒有發生那樣的火山爆發，一切都因時間的經過而褪色、消失了。而且連所謂counter culture的這種發想本身也消失了。現在首先就看不到抗拒類型化的人了。爲什麼呢?因爲大家都知道那樣的嘗試原理上是不可能的事了。在這複雜化的社會,類型已經包含反類型,而反類型也已經包含類型。沒有任何逃出口。剩下的唯一出路,是明知道突然逆轉之後,成爲反義語的「類型王」而已。

在這樣麻煩的社會中,吉姆·莫里森可能無法存活。所以他才會退回靈魂廚房去。

吉姆·莫里森二十七歲就死掉了。他死在一九七一年七月。他的過於早死和時代的死不難重疊。不只是莫里森,還有那個時代各種人的死。Jimi Hendrix死了,Janis Joplin死了。John Coltrane死了。而且他們的死各自留下大小不同的遺跡。

讚美死者是一件愉快的事。尤其是年紀輕輕就死掉的死者就更愉快了。死者不會背叛你,也不會反擊你。他們不會變老,頭髮不會變少,小腹不會凸出。他們只會安安靜靜完完全全地死著而已。如果你對他們的死感到厭煩而忘記了,也沒問題。只要就那樣繼續忘記就行了。那樣就結束了。他們不會因爲被遺忘,而到你家門口來敲你的門。他們只會在黑暗中安靜不動而已。對了,讚美死者實在太容易了。

不過超越這所有一切的想法，超越讚美死者、尋訪遺跡的遺憾，吉姆．莫里森的音樂，現在依然繼續在所到之處搖撼我的心。他所留下的唱片中最好的兩三張，比後來任何搖滾音樂家所出的任何一張唱片都更傑出、更有創意、更具衝擊性。我這樣覺得。對我來說，沒有一張更戰慄、而能超越門戶合唱團（The Doors）最初的唱片了，沒有一張比《Strange Days》更優美而簡單的唱片，沒有一張比《L. A. Woman》更能讓你感受到粗暴又溫柔的唱片了。

我最初聽到吉姆．莫里森和門戶合唱團的唱片，當然是*Light My Fire*。那是一九六七年的事了。一九六七年我十八歲，高中畢業，沒有去上升大學的補習班，整天坐在書桌前聽收音機播出的搖滾樂。就像其他年份一樣，那一年也出了很多暢銷曲，然後消失而去。像泡沫一樣。不過只有那首*Light My Fire*的旋律一直沒有消失。那粗粗的暴力性歌聲和前導的咒語般的風琴音色，一直烙印在我的腦海裡。我覺得日語歌曲名翻譯成〈點燃心火〉，有一點太**柔軟**。那無論如何還是要*Light My Fire*，除此以外什麼都不對。

Come on baby light my fire

Come on baby light my fire
Try to set the night on fire

來吧，寶貝，點燃我的火
來吧，寶貝，點燃我的火
把夜放火燒起來

我把那曲子的歌詞這樣理解。不是像高雅的「在我心中燃起火」，或像「徹夜燃燒」那樣，而是更physical的、更肉體上的。他正要把夜本身，或把肉體本身點上火呢。而且唯有那樣奇怪而直截了當的感覺，才是這位叫做吉姆．莫里森的搖滾歌手的血肉。這首曲子的作詞和作曲幾乎大部分由吉他手羅比．克里格（Robbie Krieger）作的，不過，雖然如此，吉姆．莫里森的血肉依然完全壓倒性地、偶像性地，支配著這首暢銷曲。證據在於，你可以聽聽吉姆．莫里森以外的歌手唱的這首曲子看看。例如荷西．費里西亞諾（Jose Feliciano），又例如史帝夫．汪達（Stevie Wonder）。他們的歌清潔又可愛。如果順利的話也許可以點燃起某個人的心火也不一定。可是，除了吉姆．莫里森以外，到底還有誰能在肉體本身上直接點起火來呢？到底有誰能從喇叭後面散發出肉的燒焦臭味呢？就算滾石合唱團的主唱米克‧傑格（Mick Jagger）也辦不到。

對我來說的*Light My Fire*，和對我來說的一九六七年，實在結合得太強了。如果能把一九六七年夜晚像窗簾那樣撕成片片丟進火裡燒掉的話，我一定已經那樣做了。是那樣的一年。

吉姆‧莫里森本質上是個煽動者。生在平凡得不能再平凡的耿直軍人家庭，身爲長男的詹姆斯（吉姆）‧道格拉斯‧莫里森，藉著成爲搖滾樂歌手，而象徵性地刺殺了父親，象徵性地侵犯了母親，把自己的過去燒毀拋棄了。在初出道時，被問到出身時，他只回答是個「孤兒」。他藉著煽動自己，而試圖賦予名爲吉姆‧莫里森這新生兒以神聖的靈魂。如果沒有這煽動的話，吉姆‧莫里森就無法成爲吉姆‧莫里森了。不過他因此而不得不付出許多代價。煽動的代價每天都在漲價。而終於達到他付不起的地步。

而且在那個季節，我們或多或少都是吉姆‧莫里森。吉姆‧莫里森以LSD和古柯鹼煽動他的頭腦，以波本威士忌和琴酒煽動消化器官，把陽具從褲子的拉鍊裡掏出來煽動觀眾時，我們可以感覺到他的那痛。可以和他共鳴。

然後吉姆‧莫里森死去的時候，我們心中的吉姆‧莫里森也死去了。約翰・藍儂、米克・傑格、鮑比・狄倫（Bob Dylan）都無法接收吉姆・莫里森所留下的空白。十二年的歲月也不足以填滿那空白。

在一九七一年還無法想像一九八三年眞的會降臨我身上。雖然如此，一九八三年還是實際上，沒有任何感動地降臨我身上了。我現在還繼續在聽著吉姆・莫里森和門戶合唱團的唱片。我三十四歲，還無法爲夜晚點燃起火來。

嗨，打烊時刻到了
不得不走了
好想整夜留下來
開車經過的傢伙一直注視著
街燈灑下空虛的光
而你的腦袋怎麼不靈了
還有一個地方可去
還有一個地方可去
你的靈魂廚房借我住一夜
用那親密的暖爐溫暖我的心

——〈靈魂廚房〉

吉姆．莫里森消失在爲他準備的「靈魂廚房」已經過了十二年。到現在他的歌中那肉的燒焦臭味還飄散在音響周圍。好像他還會走到門口來敲你的門似的，說，嘿，我不是傳說噢。

沒錯，吉姆．莫里森絕對不是傳說。擁有傳說也不足以繼承吉姆．莫里森所留下的空白。

村上春樹又酷又狂野的白日夢

我的夢是擁有雙胞胎女朋友。雙胞胎女孩子兩邊都等價地是我的女朋友——這是我這十年來的夢。

雙胞胎女孩讀到這篇文章會有什麼樣的心情，我不太知道。或許會覺得不愉快。或許會生氣，說，開什麼玩笑！如果這樣的話，很抱歉。這只是我的夢而已。所謂夢，大多的情況都是不合理的，超出日常規範的。所以請以「這只是村上春樹的夢」想開來讀吧。

幾年前我看過一部叫做《Almost Summer》的電影。這是描寫加州高中生活的青春電影，我非常喜歡，但很可惜幾乎沒有造成話題就下片了。順便一提，這部電影的音樂，是「海灘男孩」的Mike Love負責的，也讓查爾斯·洛伊（Charles Lloyd）大顯身手一番。

電影壓軸好戲是畢業紀念舞會的場面，男主角則穿著正式禮服，雙手挽著雙胞胎女孩瀟灑地出現在這舞會現場。非常拉風。漂亮、時髦、搶眼、新潮、

華麗、又帥氣。眞希望我也能像那樣，一次也好。

我不太喜歡舞會之類的場合，所以向來不會出席。不過如果有雙胞胎女孩可以護駕的話，我甚至可以考慮改變生活而經常出去。不必特別漂亮。未必是美女也可以。只要非常平常的雙胞胎女孩就行了。我並不是想對她們示愛或和她們睡覺，都沒有。我只是想和雙胞胎一起在舞會上亮相而已。只覺得那樣好像是非常特別的事情。

雙胞胎的優點，以一句話來說我認爲就在於「既非性的同時又是性的，這樣酷的背反性」。換句話說所謂男人（或女人可能也一樣）在跟女人約會的時候，不管有意或無意之間，都懷有「跟這個女孩子睡覺不知道會怎麼樣」的假設。可是和雙胞胎女孩約會，就算懷有「跟這對雙胞胎女孩睡覺不知道會怎樣」的假設，這假設以假設來說確實很有趣，不過已經超出日常的現實性了。這假設再加以追究的話，就會進入所謂「追究某某色情雙胞胎」的領域，我可不太願意把事情追究到這個地步。至少現在的階段，並不想把事情弄得這麼複雜。我對雙胞胎所要求的，已經排除這種男人和女人一對一的現實假設，換句話說，是屬於形而上的領域的。

也就是說，我所追求的，是制度上的雙胞胎。是概念上的雙胞胎。而且在那雙胞胎式制度或概念中，試著驗證自己。雖然我也覺得是相當迂迴而麻煩的驗證方式。

不過現實上仔細考量一下，我覺得和雙胞胎交往也相當辛苦。首先花費就很可觀。餐費要花普通約會的兩倍。送禮物嘛，也不能只送其中一個。有必要好好準備兩份同樣的禮物。不只費用而已。我想經常要對兩個人保持公平待遇，也非常困難。例如開車約會時，不能讓一個人坐前面駕駛座旁邊，另一個坐後面。那麼，不得不讓她們兩個都坐後面的話，就有點掃興了。還有到迪士尼樂園去坐「太空山」時也一樣。總不能讓女孩子兩個人並排坐在一起大叫

「哇！」「哇！」，只有我一個人悶悶不樂地獨坐吧。太無聊了。其次就拿怎麼約會這件事來說，「栗子星期一和星期三白天和星期五晚上不行。星期天要去騎馬俱樂部」，或「瓜子星期三晚上和星期五下午不行。星期六要去養老院慰問」。要安排調整時間一定麻煩得要命。又不能說：「那星期三和栗子見面，星期日和瓜子見面。」因爲如果這樣的話，就完全失去和雙胞胎交往的意義了。對我來說，她們不管任何時候，都必須處於不可分離的狀態才行。

這麼想起來，現實上要和雙胞胎的雙方交往，像我這樣怕麻煩又不小心的人也許不可能。問題太多了。依想法的不同，或許比妻妾同居更困難。雙胞胎的情況沒有立場不同的問題，因爲要求完全的五十對五十。所以或許只限於帶出去參加舞會的輕度交際比較聰明。我喜歡她們所擁有的炫眼的增殖性。她們分裂，同時增殖。這是對我來說的永遠的白日夢。

只有一個女人，對我來說，有時候太多，有時候太少。一面這麼說，十五年來卻拖拖拉拉地繼續過著婚姻生活。

降落傘

我最近一直沒訂什麼報紙。並不是絕對不訂，偶爾心血來潮時，也會訂來看看。沒訂也不覺得有什麼不方便。

報紙我沒什麼偏好。以前我家一直訂有《朝日》和《每日》，所以還算習慣這兩種報紙的版面。那麼其他像《讀賣》、《產經》或《東京》就討厭嗎？倒也不然。我覺得什麼報紙都差不多。雖然覺得如果有發行份數少一點，不必要的情報削減一些，像個有品味的報紙的話倒也很好，不過沒有也不妨，只是想想而已。到國外去的時候，大體上經常會買《先驅論壇報》來讀。那份報紙又薄又輕，資訊密集所以很好。不過到了買不到《先驅論壇報》的地方時，會感到少了什麼嗎？倒不覺得。總之，我對報紙非常不執著。有就讀，沒有就算了。

不過在讀報紙時，偶爾會碰到有趣的報導。例如昭和六十一年一月的報上有一段這樣的記載：

（一月）十二日，陸上自衛隊習志野駐屯地的演習場舉行了第一空降團的「降落傘降落訓練」，從直升機上降落的四個隊員被風吹偏了，飄到離預定地點五、六百公尺外的八千代市內住宅區，「意外降落」在屋頂，其中一個人腳踝骨折受重傷。

（一月十三日《朝日新聞》）

讀到這樣的報導時，立刻使我想起約翰．米遼士（John Milius）的《天狐入侵》（大家都說不好，不過我倒很喜歡這部電影）的第一幕。美國鄉下的高中正在上課時，校園裡紛紛飄下降落傘。於是學生們以為「啊，這是訓練中被風吹過來的」，跑過去看時，降落的居然是古巴士兵，砰、砰、砰、砰地掃射起機關槍。我看到電影的這一幕，受到非常大的教訓。降落傘落下來不可以立刻跑出去。還是躲在壁櫥裡，拿棉被蒙住頭、保持安靜才是上策。

為什麼會這樣想呢？因為我太太是喜歡從電影得到教訓的人。一起去看電影時，常常會開始說明：「嘿，對我來說，這部電影的教訓是……」。剛開始時還會想，眞是的，這個女人怎麼搞的。不過成為夫妻之後眞可怕，不久就完全習慣這種事情了。而且不知不覺之間，我也自然染上向電影學習的怪癖了。這可能算不上什麼知性看電影方式，不過至少很實用。老實說，我最近對於知性看電影的時髦人有點想退避三舍。

於是總之我從《天狐入侵》學到的教訓就是這種事情。降落傘掉下來，不要立刻跑出去。

根據報紙記載，骨折的角野自衛隊一等陸佐，砰一下降落在正在花園給花木澆水的主婦（65歲）身旁。因爲沒有詳細說明，所以不清楚是什麼樣的具體情景。到底是如何降落的？是一面尖叫著：「太太！危險，快閃開！」一面降落？還是沉默著，咻一下就降下來呢？這些詳細情況都不清楚。不過新聞報導通常要緊的地方都沒寫。如果是咻一下降下來的話，我覺得那就有點可怕了。

還有一個疑問，這位角野一等陸佐在訓練中有沒有帶錢包。當然如果掉落在營區內的話，一毛錢都不需要。可是像這樣掉落在營區外的眞實世界時，身無分文，我想應該很傷腦筋吧。既不能搭計程車，也不能打電話。或許還會被主婦威脅：「開什麼玩笑？如果不賠償壓壞的花木，我就不放你走。」雖然其實這些都是無所謂的瑣碎小事。

老實說，我以前在這個習志野營區旁邊住了將近四年，所以常常看到降落

傘的降落訓練。這個營區的空降師團是菁英部隊，被訓練成一有什麼狀況就會迅速飛到當地去加入實戰陣容。是個強悍的部隊，經常在做訓練。我坐在書桌前正在寫東西忽然抬起頭來時，就看得見窗外有無數白色降落傘正展開著。這是在我看《天狐入侵》之前的事，因此當時並不覺得多可怕，也沒有躲進壁櫥裡去。剛搬家過來那段時期，確實曾經嚇了一大跳，不過不久後就漸漸習慣了，只覺得，啊，他們又在訓練了而已。其次也有穿著野戰服，拿著機關槍的部隊從我家前面快速跑過。這種情況也只有在最初的時候感到驚訝，漸漸的也就習慣了。事隔很久，讀到這樣的新聞報導，才又回想起住在習志野那段時期的事情。然後重新感到「對呀，習慣眞是一件可怕的事」。或許有一天抱著重機關槍和迫擊砲的部隊在六本木十字路口過馬路，誰也不覺得驚訝也不一定。

一個人旅行

由於例行的搬家——我這十八年間到底搬了幾次家呢？——家裡一團混亂，實在完全沒有寫小說的氛圍，因此決定到八岳的飯店安靜住個十天左右，以便工作。偶爾躲在飯店裡工作，可以轉換心情，我並不討厭，只是都會的飯店大多空調太強，身體會搞壞。所以乾脆就到八岳去。

這裡既安靜，空氣又好，工作本身很有進展。只是住在度假飯店工作的問題是，從早到晚都在想吃的事。差不多該吃早餐了吧？午餐幾點到餐廳去比較好？今天的晚餐不知道有什麼？一整天光在想這些。連自己都覺得很可憐。而且大體上都會變胖了回家。

我是搭小海線到八岳去的。小海線的電車女乘客眞多。而且這裡因爲是東京圈和關西圈重疊的區域，所以從東京來的女子軍團和從關西來的女子軍團，就在小淵澤一帶像暖流和寒流交會那樣，砰一下撞上了。這下子可要大大騷動一番了。簡直是地獄。「討厭，像傻瓜一樣——」，或「這樣講，阮嘛莫知啦」

或總之鬧烘烘的無意義的話眞吵。耳膜都震痛了。感覺就像把整條原宿的竹下通，搬到鐵道上行駛一樣。上年紀的車掌走過來，「啊，各位乘客，拜託請安靜一點。還有一般乘客呢。」雖然這樣說過了，可是誰也沒聽他的。沒有理由聽吧。

大家都帶著運動包和網球拍。這麼多人打網球，相對之下日本網球選手並沒有在全世界出人頭地，爲什麼呢？我忽然這樣想。不過這種事情想也沒用，於是我把隨身聽的耳機塞進耳朵裡，一個人默默地繼續看書。四個人的座位，我和三個一夥的女孩子坐一起。對方可能感到困擾，我這邊也感到困擾。

從前如果周圍有很多女孩子時，我會緊張得心怦怦跳，書實在讀不下去，最近甚至會覺得「年輕女孩子太我行我素，吵鬧得令人討厭」的地步。雖然我的年紀還沒大到多大的程度，不過也眞傷腦筋。

工作解決了，十天後搭同樣的電車回東京。回程電車和去的時候完全相反，一片空蕩蕩的。因爲連休假期結束了。我一個人坐在四人座位上讀著《高爾基公園》（*Gorky Park*）時，不久對面的座位就來了一位比網球女孩年紀大一圈，大約二十五歲左右的女孩子坐下來。有一點氣氛的女孩。穿著青山風格的服飾，膝上放著*an・an*雜誌，很無聊似的恍惚地望著窗外的風景。似乎一個人旅行的樣子。

一個人旅行傷腦筋的是，會遇到一個人旅行的女孩子。尤其像這樣坐在一起時覺得最傷腦筋。沒有別人，只有兩個人的情況。我想當然也有很多人不會感到傷腦筋的。不過我卻很傷腦筋。因爲不知道要跟對方講話，還是不要比較好。如果開口招呼，說不定對方會想：「眞是的，人家好不容易正享受著一個人安靜旅行的樂趣，眞麻煩，」就自討沒趣了。被認爲：「反正一定心懷什麼企圖」也不愉快。不過被認爲：「反正很無聊，就跟他聊一下也不妨。一定是個膽小的男人，」也很遺憾。

我想，眞難哪。於是不知如何是好地繼續煩惱著，一面小口小口喝著啤酒，一面翻著《高爾基公園》的書頁之間，列車終於到達終點。事情才結束。我想這對身體眞的不太好。雖然沒什麼大不了的事，不過事情不大對身體也不好。這樣還不如跟歐巴桑團體同席，還比較輕鬆愉快。

一個人旅行的女孩子，說起來到底在想什麼呢？她們在這種情況下是希望對方開口，還是不希望？我在跟年輕女孩子談話時，忽然想起這件事就問看看。結果得到這樣的答案：「春樹先生眞傻，這當然要看是什麼樣的對象啊。」原來如此。可是這麼一說，我就更煩惱了。

就算要開口招呼，到底該說什麼才好呢？不是沒話題嗎？總不能說「那本*an・an*有趣嗎？」

我大學一年級的時候一個人去旅行，遇到一個二十五、六歲的女人跟我搭訕，我覺得很困擾。「嘿，你上哪裡的大學？哦，早稻田。有女朋友嗎？你在讀的那本是什麼書？」這樣拖拖拉拉地陪她扯了三小時。

當時的新幹線一個車廂只有兩三個客人，雖然如此，她好像瞄準了我似的坐到我旁邊來，開始問起：「嘿，你幾歲？住哪裡？」對我來說，覺得非常害怕。因為還算是可愛的女性，所以我並不在意年齡的差別。現在想起來當時如果提起勇氣向她搭訕就好了，不過當時我還很清純，只覺得害怕地過掉三小時。

因為有那樣的記憶，所以對一個人旅行的女性很難開口說話。我雖然並不膽小，不過對於會給別人帶來麻煩這種事，倒是有一點過敏的地方。至於有沒有什麼企圖心，自己也不太清楚。

不過除了我這種個人的矛盾為難之外，一個人旅行的女孩子，以情景來說感覺倒很好。一個人旅行的女孩子都同樣有一點緊張。而且每個人膝上都放有一本書，偶爾會忽然抬起頭來眺望窗外一下。悄悄藏起來似的吃個便當，喝個什麼。然後因爲是一個人，所以當然沉默寡言。不會說「所以呀」什麼的。或許平常會說也不一定，不過現在沒說。

所以和這種女孩子坐在一起時，與其問：「嘿，妳去了哪裡？」或「玩得愉快嗎？」這種平凡問題，不如就那樣靜靜的別打擾她比較好。於是終於錯過出聲招呼的機會。

楚門・卡波提（Truman Capote）有一篇短篇小說叫做〈夜之樹〉（A Tree of Night）。這是一個抱著吉他一個人旅行的年輕女孩的故事。她在夜行列車上和一對奇怪的老夫婦同席，遇到一段奇怪的經驗，我非常喜歡這個故事，每次在列車上遇到一個人旅行的女孩時，總會想起這個短篇。

服務業的形形色色

我寫小說以前開過類似飲食店的店，經營了七、八年之久，因此現在走進喫茶店、酒店、餐廳之類的地方時，注意力總會轉到正在工作的人身上去。剛把店收掉之後那段時期，客人要回去時，我總是差一點衝口而出：「謝謝光臨！」這個習慣還是放不下，最近終於不必擔心，可以心平氣和地享受用餐樂趣了。不過雖然如此，依然會以「如果我是這家老闆」的眼光來看事情，這點並沒有改變。

我最討厭的是，立刻就向客人搭訕的壽司店老闆。那眞傷腦筋。上次我心血來潮走進附近一家壽司店時，店老闆正在握著壽司。

「噢，歡迎光臨。先生已經領到獎金，錢包正厚厚的吧？」首先就開口招呼，我想這下糟糕，進錯店了。不過壽司店是一旦進去之後，就相當難脫身的地方。

「啊，嗯，沒什麼。」我隨便回答。

「有吧，應該有啊？」

「沒有啦。」（眞囉唆）

「怎麼？公司生意不好嗎？」

「因爲我沒在公司上班。」（這種事情眞不想說）

「是學生？」

「不，不是。」

「那麼，在做什麼？」

「嗯，是，自由業。」（說起來麻煩，眞討厭）

「什麼自由業？可以具體一點告訴我嗎？」

「嗯，那個，在雜誌上寫點東西，什麼的。」（怎麼，這鮪魚肚還沒解凍嘛）

「哦，不簡單哪。都寫些什麼呢？」

「嗯，就，各種的啊。」這樣一問一答之間，簡直連壽司的味道都吃不出來了。嘴巴會吹噓的人做出來的東西特別難吃。不光是壽司店，任何世界都有很多這種人。壽司店老闆別太多嘴比較好。而且如果客人問到材料，要確實回答——這樣最好。

其次老愛滔滔不絕地跟同事聊天的工作人員也令人傷腦筋。「嘿，你昨天有沒有看電視？馬奇跌了一跤，然後啊——」這樣扯個沒完，我示意叫她，也完全不過來。「嘿，幸子，第三桌在叫妳喲，」有人提醒了才好不容易走過來，不情願地聽你點菜，對著後面吼道：「天麵一客，」然後又開始繼續聊，「你知道爲什麼會跌跤嗎——」我想既然那麼有精神聊天，就該好好說：「天婦羅蕎麥麵一客」吧，可是現在這種人很多。

其次過分客氣的應對方式，也叫人受不了。連鎖家庭餐廳這種情況特別多。你一進門才坐下來，對方就馬上給你深深一鞠躬，「歡迎光臨『丹尼斯』！」每次這樣的時候——雖然覺得過意不去——不過已經倒盡胃口了。因爲生性認眞，不知不覺就會點頭答禮，實在太累了。差一點要衝口而出：「那裡，不客氣。沒什麼。」過年的時候我沒去「丹尼斯」所以不太清楚，反正要做到那種程度的話，新年不如乾脆說：「新年快樂，去年承蒙愛顧，今年也請多指教！」不是很好嗎？夏天就說：「天氣炎熱——」，十月就說：「秋高氣爽萬里無雲——」，開始說將起來，簡直沒完沒了。

還有我從很久以前就耿耿於懷的是，像這種過度客氣的店，收銀員一定會說：「先收您××圓。」當然如果是兩千五百六十圓的東西、付了五千圓鈔票的話，這樣說也不妨，可是當你爲了不用找錢而正確付了兩千五百六十圓時，對方還說什麼：「先收您，」什麼的，那就傷腦筋了。這樣不合理呀。我每次都想說：「先收的話那就還給我吧，」不過算了別計較了，才默不吭聲地回來。他們或許覺得說：「先收您××圓，」比說：「收您××圓，」要客氣有禮吧，不過我覺得這種表面的服務精神似乎沒什麼意義。所謂服務精神實在很難。

從服務的一方來看，泡一杯咖啡都相當困難。咖啡這東西說起來太熱不好喝，但涼了也很難喝。所以要不太熱不太涼地端出去，可是這時候加不加奶精，溫度也會改變。和同伴一面談話一面慢慢喝的客人，或一個人很快地喝的客人，喝的時候溫度就不一樣。當然每個人又各有偏好的差異。我覺得自己算是很小心注意地泡的，雖然如此還是常常會被說：「什麼，這咖啡，太熱了沒味道嘛，」或「怎麼會有這麼涼的咖啡，重新泡來。」這種時候，我都不抱怨地坦然道歉，立刻重新泡過，這是專業的基本態度。

我現在已經成爲小說家在寫小說了，不過基本上還會想：「就連一杯咖啡都有各種反應，所以小說的接受方式應該也有各式各樣吧，沒辦法啊。」

福神漬式的懷疑

看電視上的棒球轉播時，看到賽後採訪中播音員問捕手：「你覺得今天投球的滿意度算是一百分的幾分？」這種問題有什麼意義呢？這樣問的播音員，大多會在投手回答：「嗯，這個嘛——大概90分」的時候就說：「哦，是嗎，90分嗎？」就結束。話就這樣打住。至於90分這自我評價，是在什麼樣的標準和體系上成立的，則不再加以分析。就和收到考卷，也不反省哪裡錯了，就吵著說：「哇，90分，90分」的小學生沒什麼兩樣。

本來所謂一百分滿分，是以什麼爲基準而設定的都曖昧不明，那麼說到「90分」時，能說：「哦，是嗎？」地接受的一方，我覺得很奇怪。如果要說只不過是運動而已嘛，又何必一一追究，眞不通人情世故，我也沒話說。採訪時間本來就短，而且人家本人都說90分了，就90分算了吧，也有這種想法。不過職業棒球投手的自我評價，應該也分嚴格的人和不嚴格的人。其中或許有人說：「贏了就一百分，輸了就零分！」這樣單純的人。把事情歸結在「90分吧」、「哦，是嗎？」這樣一問一答之間就解決掉，實在相當勉強，播音員應該也多少感到一些不妥。然而明明感到不妥，卻還一天過一天地繼續問著：「你覺得今天得到幾分？」，已經超越了easy（簡化）和one pattern（一成不變）的範圍，明顯是一種無意義的消耗。

不過這種分數評價方式的詢問，對問者來說似乎相當方便，「妳對妳先生的評價是一百分滿分中的幾分？」這種問法在坊間雜誌上經常可以看見——尤其女性雜誌。回答方式也有「嗯……眞傷腦筋……65分吧」，一面感到困擾一面規規矩矩地回答。

我讀到這種報導時，每次都覺得很困惑，到底這65分先生是怎麼樣的先生呢？或許Ａ家太太的先生是「雖然會幫忙做家事，但性能力比較弱，所以65分，」Ｂ家太太的先生可能是「性愛像野獸一般強，可是不幫忙做家事，所以65分，」Ｃ家太太的先生可能是「相貌雖然很糟，不過卻是個好人，所以65分，」Ｄ家太太的先生可能是「太愛我了，覺得有點可怕，所以給他打65分。」

那麼雖然Ａ太太和Ｂ太太和Ｃ太太和Ｄ太太同樣打65分，可是方向和性質都不相同。但只要化爲65分這樣的數字之後，Ａ太太的先生和Ｂ太太的先生、Ｃ太太的先生、Ｄ太太的先生，都只被「65分」這個括弧圈進去。這樣的問題和回答到底有什麼意義呢？

像這樣，問卷調查大多是不可靠而無意義的。我也曾經被問到：「你的幸福度如果以十分滿分你會打幾分？」這樣過分的問題而困擾不已。這種事情猛然被問到，不可能答得出來吧。因爲就像被問到：「南極大陸的存在對你來說是十分滿分的幾分？」一樣。

南極大陸是不管你喜歡不喜歡都存在的東西，不是你喜歡就會變怎麼樣、不喜歡又會變怎麼樣的東西。就算要說：「因爲有企鵝所以我給8分，」或「我不喜歡冷所以給2分，」並不是不行，不過這純粹是沒有意義的。現在的狀況自有它成爲這樣的理由，只能就「該有的」來評價。像有沒有企鵝或冷熱是個別面向的屬性，跟總體狀況不太有關係。

所以我被問到這種問題時，只能回答：「不知道」或「無可奉告」，或「不想回答」。當然我也可以把現在寫到這裡爲止的情形提出來仔細說明，到達「不知道」爲止的經過，但很遺憾說來話長，何況提問者並不需要這樣的說明。對方想要的只不過是「6分」、「8．5分」這樣的數值而已。所以我不太喜歡問卷調查這種事情。

我看報紙的輿論調查結果，回答「不知道」或「不想回答」的人大約各占

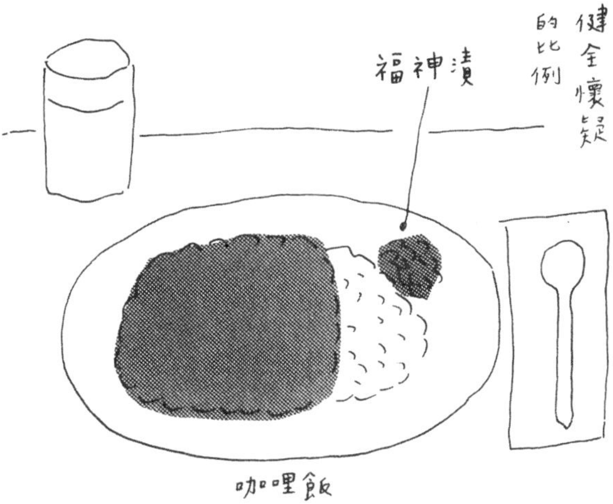

五%左右。我很了解他們的心情。

例如「你能信賴美國這個國家嗎？請選擇以下答案」：

①可以信賴
②某種程度可以信賴
③不太能信賴
④無法信賴
⑤不知道

收到這樣的問卷時，只能選吧。不管是美國也好，日本也好，尼加拉瓜也好，有可以信賴的部分，也有不能信賴的部分。因此對這樣的問題，回答說：「不知道」的人，我反而會信賴他們。

雖然這麼說，如果世間所有的人對問卷調查或輿論調查，全都開始回答：「不知道」或「說不上來」的話，說不定也很乏味。如果輿論調查的圓弧線有百分之八十五左右被「不知道」的答案所占滿的話，就算是我，也會感到有點不舒服，我也不太願意住在一個疑心很重的社會。這種問題是相當困難的。所謂懷疑，還是要以像咖哩飯中的福神漬泡菜那樣的比例存在才算健康吧。

別墜入情網

說到喜歡女性，我也是。我是一個已婚的人，幾乎已經中年了，雖然沒什麼優點，但還是有所謂的喜歡。雖然好像有點厚臉皮。

我在這裡所謂的喜歡，是指外表或氣氛，這方面的東西。也就是說跟一位女性因爲某種原因碰面時會覺得：「啊，這個人很漂亮，感覺很好，是我喜歡的。」這種事並不常有，不過一年好像還是會有一次左右。至於我會不會因此就和那個人陷入熱戀呢？沒這回事，並沒有發生什麼特別的事，就那樣分開了。

這並不是因爲我遵守一夫一妻制的道德律而克制自己，刻意小心不墜入情網，而是很自然地變成那樣的。要說不可思議也很不可思議，外表我喜歡的女人，內在方面——或該說人性方面——近乎百分之百，並不是我喜歡的類型。所以剛開始心像被電光石火打中般騷亂起來，但和對方談一下話之間，就會感覺：「唉，算了，」那電光石火就咻地熄滅了，結果我並沒有陷入情網，事情就結束了。這種人生，要說不幸確實不幸，要說和平也眞和平。

當然更年輕的時候，因爲還不會想到那麼多，所以會被對方的外表吸引，不是沒有墜入沒結果的情網過。不過稍微有一點年紀之後，自然就確確實實地體會到那種交往的徒勞，於是在可能很辛苦噢↓「那就算了」的地方打住了。反倒是和與外表無關，能知心體貼的女孩在一起，要快樂得多。當然這稱不上戀愛。

有時候我會認眞思考，爲什麼我所看上眼的女人，幾乎都不是我喜歡的那種人呢？很難找到可以說服自己的答案。「事情就是這樣，」只能以馮內果式的簡潔回答作了結。

這雖然和色戀完全沒關係，不過「事情就是這樣，」和「那又怎麼樣？」這兩句話在人生之中（尤其是中年以後的人生），是兩大關鍵詞。以經驗來說，只要把這兩句話好好刻進腦子裡，那麼人生大多的局面都可以不犯大過地安然度過了。

例如好不容易跑上車站月台的樓梯了，卻在千鈞一髮之際電車門已經關上，你眞是非常火大，這樣的時候只要想成：「事情就是這樣，」就行了。換句話說只要認清電車門這種東西大多是會在眼前關上的事實，承認就好了。能這樣想的話，就沒什麼好生氣的了。世界只是依照這個原則往該去的方向流去而已。

可是因爲沒搭上那班電車，於是約會就遲到了。這種情況下你只要對自己說：「那又怎麼樣？」只要想一想，時間只不過是爲了方便而區分的，約會晚個二十分鐘什麼的，比起美蘇核子武器的擴張競爭，或神的死之類的事，簡直微不足道。這就是「那又怎麼樣？」的精神。

只是根據這種想法生活下去時，雖然可以輕鬆活著，不過以人性來說並沒有向上進取。這樣會和社會的責任感和領導能力等漸漸無緣。不久之後連核子戰爭爆發、神死去，你都會想成「事情就是這樣，」、「那又怎麼樣？」——我也有一點這種傾向——如果變成這樣也會很傷腦筋。事情適可而止是必要的。

話說回來，外表看來是自己喜歡的女性，卻不具備自己喜歡的人格，這光看著都感到相當悲哀。心想光看著就已經覺得悲哀了，要是深入交往一定會更悲哀。看著這種女性時的心境——這例子雖然不是很高明——很像在服裝店發現一件非常中意的衣服，可惜尺寸完全不合時的心境。雖然明明知道只能放棄，心情上卻還有一點依依不捨。

我在七、八年前曾經跟這種類型的女孩子一起旅行過四、五天。話雖這麼說，但並不是只有兩個人的旅行，而是還有其他一大群人一起的旅行。初次見面時我覺得她令人感覺非常好，長得眞漂亮。但談過幾次話之後，就開始知道我們個性完全不合。個性不合所以感情也不可能好，旅行結束後就各自回家，從此以後再也沒見過一次面。不過因爲旅行之間不管怎麼樣都會彼此碰面，所以在那四、五天之間，難免對她稍加注意地深入觀察。於是，那時候深深感覺到——這種事情也未必要到深入觀察的地步——我的眼睛所捕捉到的世界，和客觀上以「世界」之名實際存在的世界，成立方式完全不同。換句話說，無論我如何感覺到她的外表和她的人格是相反的，既然那相反狀態能存在於一個人身上並行作用，我對這個就完全沒有權力提出異議。而且從她的眼光所看到的世界中，我這個人的姿態想必也顯得相當扭曲。

事情就是這樣。

不過雖然好像一再重複，然而順著這樣的認識體系來行動的話，就實在無法墜入情網。在《美國風情畫》（American Graffiti）中，有一段理查·得瑞福斯（Richard Dreyfuss）在街上偶然看見坐在雷鳥車上的「夢中女子」無法忘懷、一整夜都在追尋她的蹤影的情節，所謂戀愛這東西是超越那樣的既存體系的行爲。

汽車旅館和記者招待會

我經常犯錯，也常常誤解。例如我到最近幾年之前，還堅定地相信日本的所謂汽車旅館是可以開著汽車直接進入房間裡的住宿設施。換句話說，就像馬進入馬廄那樣，可以把汽車叭叭叭地開進房間去，年輕男女（不一定要年輕也可以）打開車門從車上下來，眼前就是床了，這樣的設計。雖然我不知道爲什麼會這樣認定，不過總之我長久以來就以爲所謂汽車旅館是這樣的地方。

所以兩、三年前，實際在電影上看到汽車旅館時，難免感到一陣愕然。原來所謂汽車旅館，只是名字而已，實質上也只不過和普通的愛的賓館——雖然我對這個也不太清楚——沒有兩樣。汽車既不能開進房間，也沒有什麼和汽車有關的特殊設備。

我跟朋友談到這件事時，反而被反駁道：「爲什麼汽車非要開進房間裡去不可呢？」

「那樣房間裡會充滿汽車廢氣，那麼開八噸卡車到汽車旅館來的人，到底要選什麼樣的房間才好呢？」

這麼一說，確實也沒錯。朋友說的比我合理多了。不過雖然如此，到現在我腦子裡還會忍不住浮現，所謂汽車旅館就是男女互相擁抱的身旁，汽車正悠閒地休息著的牧歌式（不會嗎？）光景。

和這類似的例子，我小學的時候，一直以爲所謂「記者會」，就是「火車會」[1]。所以當我在收音機或電視的新聞報導聽到所謂「杜勒斯國務卿昨天在火車會上……」時，就會想像杜勒斯國務卿和有關人士正在卡啦卡啦搖晃著的火車上談話的光景，私下佩服地想：「政治家是經常在移動的職業啊。」當然經常這樣想的話，難免也會浮起這樣的疑問：「爲什麼政治家每次談話都非要選擇在火車上談不可呢？」直到上了中學以後，讀到報紙的政治報導上出現「記者會」的字眼爲止，我對「記者會」就是「火車會」從來沒有一丁點懷疑。

我推測可能因爲這誤解是伴隨著視覺形象要素的關係。換句話說和汽車旅館的例子一樣，我與其說是解析性方面的誤解，不如說是情景性的誤解。所以到現在我耳朵裡聽到收音機的新聞報導中有「記者會」的用語時，腦子裡一瞬間還是會浮現載著杜勒斯國務卿的夜行火車（在我的想像中火車會的火車經常是夜晚的火車）穿越廣闊的美國原野的一九五〇年代風景。雖然這誤解解除後，已經過了大約四分之一世紀的歲月了。

其次這和前面的兩個例子不同，是後果更不堪設想的重大錯誤，我長久以來都誤以爲「一直注視對方的眼睛說話是非常失禮的事」。到底在什麼地方經過什麼樣的緣由讓我產生這樣的誤解已經不清楚了，但總之我這樣相信。因此跟人談話時，總是盡量不去看對方的眼睛。這誤解一直持續到上高中，有一個人忠告我：「你講話的時候，最好能好好看著對方的眼睛。」他說：「你不看對方的眼睛，人家會以爲你有什麼愧疚的事，或缺乏自信，而且這樣本來就很失禮。」

話雖如此，價值觀要一百八十度來個大轉變，也實在不是一件簡單的事。到昨天爲止還深信不疑地認定說話時不要看對方的眼睛是一種禮貌的人，今天不可能沒有任何抗拒地就能直視對方的眼睛。就算在理論上知道可以那樣做了，但在看著對方的眼睛時，卻會感覺好像在直接窺探對方的內心深處似的，總是無法放下心來。我這樣說並沒有誇張。一直不看對方的眼睛生活過來的人，忽然看起對方的眼睛時，對方在想什麼你都可以看得一清二楚。所以自然又會把眼光從對方的眼睛轉開。

因爲這種種原因，我爲了「看不看對方的眼睛」而吃盡了苦頭。能夠不太刻意地看著對方的眼睛說話，是在過了二十五歲以後的事。不過到現在我在內心的某個角落，好像還在想著：「其實說話的時候，不要盯著人家的眼睛看，好像比較有禮貌吧。」或許因爲個性相當固執的關係。

有時候我會忽然想到，這些爲數不少的誤解，不是以誤解而是以正當行爲、狀況存在的世界，或許眞的存在於某個地方。在那裡有汽車可以直接開到床邊停的汽車旅館，有政治家搭夜晚的火車談政局的，人們交談的時候不會盯著對方的眼睛看。因爲我沒有開車，所以汽車旅館的構造會變成什麼樣子，要說跟我沒關係，確實也沒關係。

譯注：

1. 日語中的漢字「汽車」在中文的意思是「火車」，而且日文中，「汽車」和「記者」的發音相同。

「兔子亭」主人

我不太喜歡向人介紹自己常去的餐廳。做這種事覺得好像有一點「神氣」，而且介紹不當，搞不好把人家的店弄得太熱鬧也傷腦筋。所以關於這家「兔子亭」的地點和電話號碼，我就不寫出來了。「兔子亭」在我家附近，我常常來這裡吃午餐。十個客人進去就客滿的，只有櫃檯的小店，不過從來沒有客滿過。店面設計也像普通民宅那樣，外面並沒有立看板。只有入口旁邊掛著「洋風定食．兔子亭」的小招牌而已。換句話說是非常低調營業的。

兔子亭只有兩種菜色。一種是每天更換的當日定食，另一種是可樂餅定食。每一種都附有小蜆味噌湯和一大碗高麗菜絲沙拉，真是非常美味。還附上大量剛洗掉酒糟的醃漬菜。撒上香炒芝麻的燙菠菜，小碟醋拌香菇，和義大利麵一起用托盤端出來。活生生有彈性的義大利麵，味噌醋拌香菇新鮮彈牙，跟這附近一般餐廳常端出來的定食附菜就是有點不同。當然這種附送的菜也會隨季節變換。

其次，飯是麥片飯。這麥片飯是用表面摸起來粗粗的大碗端出來的，香噴噴的麥片飯香立刻瀰漫整個店裡。我實在太愛這瞬間了。說到茶，端出來的可是芳香的烘焙茶（夏天則是冰涼的麥茶）。筷子是色調稍沉的緊實杉木筷，筷袋則是黃鶯色素面和紙。

至於每日更換的定食，各種菜色本來想描述一下，不過就怕說起來沒完沒了，在這裡話題就只限於可樂餅定食。要以文章來表現兔子亭的可樂餅定食有多美味是極困難的事。盤中放著兩個相當大的可樂餅端出來時，眼看著無數麵包粉粒粒晶瑩像要朝外彈出似的，油發出吱吱的聲音滲入餅的內側。就算稱爲藝術也不爲過。

把餅用杉木筷咻地壓著切，取一口送進嘴裡時，酥皮便發出卡啦一聲，裡面的馬鈴薯和牛肉則熱呼呼的像要融化了一般。裡面除了馬鈴薯和牛肉以外並沒有放任何東西。馬鈴薯發出令人忍不住想用臉頰去親吻大地那樣的香氣——這絕對不是誇張的形容——還有主人特地嚴格精選採購進來，再用大片刀刃細細切碎的牛肉。調味則爲了讓材料的優點充分發揮而採取極清淡的方式，如果感覺不夠味的人可以添加自家調製的醬料。醬料用大壺裝，用湯匙舀來澆上，這醬料也實在眞美味。裡面放了小洋蔥，不可思議的香味有點難以形容，但吃過之後絕對不會留下味道，吃了不膩。我決定把兩個可樂餅中的一個先不加醬料原味吃，另外一個才澆上醬料吃。澆醬料吃可惜，不澆醬料吃也可惜，就是這麼微妙。

吃過之後，又再端出新的烘焙茶來。

兔子亭的主人是個謎樣的人。年齡大約四十五歲左右，體格健壯結實，雖然親切卻沉默寡言，雖然頑固卻不給人壓力，脾氣相當好。脖子上有一道五公分左右看來像刀傷的疤痕，但他幾乎從來不談自己的事。至於我只要東西好吃，主人的身世如何都無所謂。

兔子亭的主人有一位身材苗條的美麗太太和念中學左右的女兒。我有兩次在附近的路上看見他們。我特地不跟他們打招呼，不過他女兒腋下抱著看來頗昂貴的小提琴盒。兔子亭主人和兔子亭太太和兔子亭小姐三個人看起來非常幸福的樣子。

不過在兔子亭，經常都是主人一個人在工作。他一個人進貨，一個人調理，一個人泡茶。他的工作方式看來非常舒服。手法乾淨俐落，而且感覺不慌不忙。

聽人家說，兔子亭的主人本來是個流氓。三十七、八歲的時候，下定決心斷然金盆洗手，開起餐廳。所以爲了和以前的夥伴切斷關係而特地選擇安靜的住宅區開店，既不掛看板，不打廣告，也拒絕雜誌採訪，只靠口碑安靜做著生意。

當然我並沒有向他本人確認過，所以不知道這傳聞是不是眞的，只是聽起來倒合情合理。不過就像我重複過幾次的那樣，只要能吃到美味午餐就行了，至於他以前是流氓也好，是什麼也好，我都毫不介意。這麼美味的可樂餅定食，一客才一千圓就吃得到的餐廳，全東京打著燈籠也找不到。

我有一次下午一點半走進這家餐廳，進貨的材料全賣光了。我正說「抱歉」轉身要走時，主人卻叫住我說：「如果是剩菜的話倒還有，要不要吃？」於是端出他們爲了自己吃而做的黑輪、煮山蕨、麥片飯、味噌湯和泡菜給我，這又是外頭吃不太到的美味黑輪。鍋裡放了好多貝類熬出的鮮美的汁，各種材料吸滿汁液適度煮熟。要說是味道不如說是轉移的香味，那種程度清爽而品味高雅的調味。

「味道眞好！」我說，主人只簡短地回一聲：「剩下的而已。」

就這樣我對「兔子亭」和謎樣的「兔子亭」主人非常有好感。

LEFT ALONE（獻給比莉・哈樂黛）

現在是凌晨一點半。

當然，外頭是暗的。而且不只是都會夜晚的半明半暗，是把手伸出窗外時手指都會染成黑色似的眞正黑暗。我家後面緊靠著山，所以夜晚的黑暗是眞正深沉的安靜。當月亮和星星出來的夜晚，會看得見四周微微浮起的樹影，但今夜，卻完全被黑暗包圍住。

兩隻貓也沉沉地睡著了。看著貓熟睡的姿態時，我總會覺得放鬆下來。因爲我相信至少在貓安心睡著之間，應該不會發生什麼壞事。因爲內人出門去了，因此家裡只有我一個人。而現在，我正在書桌前寫著稿子。

凌晨一點半還好好醒著在寫稿子，是很久沒有的事了。至少這一年來從來沒有這樣過。

早睡早起的我，爲什麼在這個時刻還沒睡覺呢？因爲太早睡了，因此在午夜十二點半（也就是現在的一個小時前），忽然睜開眼清醒過來。畢竟再怎麼說，下午七點四十分就睡覺實在太早了。

哎眞要命，感覺就像有時差時那樣迷迷糊糊的。

不過偶爾這樣也不錯，我想。像這樣半夜裡——連貓都睡著的安靜深夜裡——獨自一個人面對書桌也很有氣氛。

到廚房去打開法國薄酒萊紅葡萄酒的瓶栓，連酒杯一起放在桌上。並把已經幾年沒聽的比莉．哈樂黛（**Billie Holiday**）的唱片放在轉盤上，撥下唱針。這麼說來，我最近很少聽比莉．哈樂黛的唱片，是因爲很少熬夜的關係嗎？確實下午兩點一面吃著蛋糕並沒有心情聽比莉．哈樂黛的歌。

因爲是舊唱片所以處處有傷痕。不，與其說是有傷痕或許不如說傷痕累累更貼切。我買這張唱片時還是個大學生，所以已經是十七、八年前的往事了。這是我買的第一張比莉．哈樂黛的唱片。不知道現在是不是還出，這是**Verve**唱片公司（即後來的寶麗多公司）出的《比莉．哈樂黛之魂》的精選唱片，A面有一九四六年ＪＡＴＰ（**Jazz at the Philharmonic**，爵士走進愛樂廳）的現場演出實況，B面則是錄音室的選集（大和明氏選曲）。

我現在正在聽的是A面，首先從*Body and Soul*和*Strange Fruit*這壓倒性重量級的歌開始，其次是*Travelin' Light*、*He's Funny That Way*，多少輕鬆一些，

接著*The Man I Love*、*The Baby and I Good to You*轉為慵懶，以*All of Me*搖擺，壓軸則以*Billie's Blues*圓滿收場，這樣的排列方式。唱片以*Body and Soul*開始的結構，我雖然有一點意見（一開頭就聽這個太過於壓倒性了），不過仔細傾聽這唱片的演奏時，還是會痛切地感到不管怎麼樣，比莉・哈樂黛實在眞是個了不起的人。

比莉・哈樂黛有一段時期太過於被神格化了，使我覺得有點麻煩，因此曾經敬而遠之。不過如果把這種周圍的無謂事情切開，試著虛心坦懷地傾聽那歌聲本身時，她還是一位値得從頭到尾細細認眞傾聽的傑出歌手。以前覺得很棒，年紀增長以後重新聽來，更能清楚體會到她的優點。

她的歌好像含有從身體核心自然擠出原汁原液來似的東西——那應該是和我們的存在理由深深相關的東西——那歌聲壓倒、包容身爲聽者的我們，讓我們無限陶醉、傾倒。

我雖然不太喜歡給音樂冠上必要以上的多餘意義，但在聽著比莉・哈樂黛的歌時，曾經感覺自己彷彿被埋進連自己都不太清楚的背景中似的，常常會想這到底是怎麼回事？但結果，歌只是歌。多想也不能改變什麼。

不過如果比莉・哈樂黛的歌，和其他幾百位爵士歌手的歌，有截然不同的東西的話，那或許可以說是時間的多層性吧。也就是說她歌中含有的某些要素，不管聽者多麼努力想去理解，都不是努力就能理解的東西。就像藏在抽屜深處等待被發現的未開封的信一樣，等到時機成熟時，才會被發現被理解。等到可以解讀的時候，放著不管也能自然解讀。

有這種音樂，我想還是一件美好的事。年輕時候屏息凝神一次又一次努力重複聽，依然不太能明確掌握的部分，現在光這樣一面喝著葡萄酒一面悠閒地聽時，卻像絲帶鬆開那樣，連細微部分都能一一了然了。那麼，上年紀也不是全然沒有好處了。

這張Verve公司唱片中的比莉．哈樂黛也很好，不過我心目中她最好的唱片，還是美國哥倫比亞公司出的《The Golden Years Vol.1》的三張一套。這三張六面的唱片，我真的經常聽。我想其他像這樣重複聽過這麼多次的爵士唱片，還真沒有。無論是Verve、Commodore、或Decca唱片公司出的比莉．哈樂黛，都很美好，不過以超一流搖擺樂團伴奏所盡情唱出的三〇年代、四〇年代的這張哥倫比亞盤的比莉，那聲音簡直可以說是奇蹟式的，水嫩嫩的，真完美。顫危危的，卻屹立不搖，快樂得讓你想跳起舞來，卻又忍不住悲哀得受不了。讓你冷不防驚奇不已，伸手卻難以觸及。

尤其有Lester Young加進來的部分——*When You're Smiling*、*I Can't Get Started*——簡直像珠玉般圓潤美好。如果有年輕人想開始聽比莉・哈樂黛的話，我還是想推薦這前後的唱片。我覺得從著名的*Strange Fruit*前後的比莉・哈樂黛——這種說法可能有點奇怪——開始聽或許有點危險。相較之下，Verve盤半夜裡一個人聽，又覺得有點太過於悲哀。

夜晚走進放爵士樂的酒吧，有時會播放Verve時代比莉・哈樂黛的歌。一面聽著她的這種歌——例如All Or Nothing At All——一面喝著威士忌時，會覺得好像只有自己一個人走在一個重力不同的海底或什麼地方似的。因爲是個非常深的地方，既無法爬上去，連好好移動腳步都難。所以，只能仰頭喝起杯中的威士忌。

查爾斯頓的幽靈

在查爾斯頓這地方要找出一棟沒有幽靈出沒的老房子是極困難的事——某本書上這樣寫著。就算有點文章式的誇張，不過確實黃昏時分走在卵石鋪成的查爾斯頓街道上時，會覺得穿透精心鑄造的黑色鐵門後面，或朦朧黯淡的燈光映照的長椅角落，好像看得見某種不可思議的影子似的。夜晚的庭園陰沉憂鬱，從巨大橡樹的枝幹長出毛毛的紡紗般茂盛低垂的寄生植物，被河面吹來的風搖擺著，紫薇花在昏暗中模糊浮現。所謂查爾斯頓，就是這樣的地方。一切都是陳舊的、安靜的、而且優雅的。我猜想幽靈也一樣，既然同樣要出來的話，與其在紐約市區，不如在這種地方出來，心情應該會愉快得多吧。

查爾斯頓是美國南卡羅來納州一個仍頑固保留古老美好南方風貌到令人覺得是不是有點過火的港口城市。位於阿休雷河與庫柏河匯合後注入大海的河口，這是一個和曼哈頓島同樣位置的天然良港，殖民地時代曾經被稱為「小倫敦」而繁榮一時，由於軍事上的重要性而成為南北戰爭的起火點。對《亂世佳人》的影迷來說，或許說這裡是白瑞德船長突破封鎖線而英名遠揚的地方，比較能理解也不一定。

我並不是白瑞德的瘋狂影迷，不過我在阿拉巴馬州的墨比爾飯店裡看著美國地圖時，卻開始覺得無論如何一定要去這個叫做查爾斯頓的地方，於是搭上飛機一路飛到大西洋岸去。如果你要問爲什麼是查爾斯頓呢？我也不太清楚。我的旅行大體上經常都這樣。我會一直盯著地圖，一發現可能喜歡的地方時，「嗯，就是這裡！」便下定決心去走一趟。這樣做有時候會順利中獎，有時候卻完全槓龜。

不過查爾斯頓算是中獎的地方。這就在我從阿休雷河的橋上眺望城市遠景的瞬間，就一目了然了。水邊茂盛的綠草簡直就像被眼睛看不見的巨大手掌撫摸著身體般，柔軟地搖擺著，到處林立的遊艇帆柱發出卡答卡答的聲音，上面海鷗和鸛鳥（！）悠悠地飛舞。街容還保留著古老的氣氛，沒有一棟高層建築。走在路上，好幾個人開口招呼：“How are you doin' today?”——你自然就會回答：“I'm just fine, thank you.”——查爾斯頓就是這樣一個地方。如果你是幽靈的話，與其出現在紐約的南布朗克斯，不如更想出現在這樣的地方吧？

我住的旅館也眞的有幽靈出現。我後來才在《查爾斯頓的幽靈》書上得知這件事情。根據這本書上記載：「幽靈到了夜晚會在走廊走動，走進樓上的南側房間，消失在裡面。」雖然不明幽靈的底細，不過一般認爲可能是一個叫做塔爾凡德夫人的婦人。塔爾凡德夫人是十八世紀後半在那棟建築裡經營女子寄宿學校的人，爲什麼經過兩百年後的現在，還非要特地半夜裡在走廊上走動不可呢？很遺憾原因並不清楚。

其實不知道該算幸還是不幸，我沒能夠住進幽靈出沒的旅館本館。因爲只有四個房間，全都客滿了。不過旅館主人，年輕的瓦特．巴頓（忘了一提，這家旅館的名字叫做Sword Gate Inn）把我安排在分館住下。分館在穿過隔壁家的庭園深處，附有專用游泳池，設施豪華。

「這個隔壁家，可以不用客氣地穿過去。」瓦特．巴頓一面引導我去一面說：「住在這裡的是一位叫衛斯特摩爾蘭德的退役將軍，是我的朋友……」

「請等一下。」我插個嘴。「你說衛斯特摩爾蘭德……那不就是在越南當過總司令的William C. Westmoreland嗎？」

「沒錯。」瓦特若無其事地說。

這麼一說，確實可以看到將軍家庭園裡到處都有像從東南亞帶回來的擺飾和裝飾品。試想起來，塔爾凡德夫人的幽靈，還比不上倒在印度支那地方的幾十萬、幾百萬人的血更具有眞實感，不過在這優雅的查爾斯頓地方說出這種話來，會被說粗俗，何況瓦特是非常親切的人。這個週末他要跟朋友搭大帆船到附近的島上去，游游泳，開開烤肉派對，還邀我要不要一起去。很遺憾因爲行程的關係沒能跟他們去，不過就算不到島上，只悠閒地留在城裡心情就很安祥平和了。大概這裡的人——住在這個既有氣質又安靜又漂亮的城市的人——幾乎完全不知道印度支那到底是什麼樣的地方。換句話說只是這樣而已。夜晚十點半在月光下，一面在衛斯特摩爾蘭德將軍家的庭園游泳池裡游泳，我一面想。

查爾斯頓是一個可以吃到美味食物的城市。有好多餐廳，味道的高下以美國的水準來說，算相當高，很少讓你感到失望。

我喜歡皇后大道上一家叫做"Poogans Porch Restaurant"的南方風格海鮮餐廳，在這裡吃過幾次晚餐。雖然在華氏一百度這樣高的熱度下，這家餐廳的冷氣還不太涼。掛在天花板下的電風扇團團轉著搧動空氣，我們在那下面吃炸鯰魚。說來鯰魚還眞是相當美味的魚。味道雖然很像白丁魚，不過感覺比白丁魚稍微 thick 一點。用母螃蟹做的查爾斯頓海洋俱樂部湯和花生奶油派，是這家餐廳的招牌，這兩道味道確實真好。除了這三品之外，炒蘑菇和加勒比海小蝦，外加沙拉，附餐咖啡，才不到二十塊美金，所以算相當便宜。

這裡也可以吃到所謂的「熱帶草原風海豚」的菜。把鰹魚和鮭魚高尚地配在一起，有一股香氣，味道相當妙。並不是真的海豚，大概是名字同樣叫做dolphin的鯕鰍之類的吧。再怎麼樣也無法想像美國人會吃海豚。

吃過了Poogans Porch餐廳豐盛又豐盛的定食後，我沿著教堂路往阿休雷河走。輪廓格外清晰的月亮，像精緻的銀雕藝品般鑲在柔和的夏夜天空。我在河岸邊坐了下來，讓風稍微吹醒葡萄酒的醉意。

南卡羅來納州查爾斯頓——我此刻正在這裡。並沒有什麼特別的理由，坐在紫薇花旁邊。就像預約登記完畢的沉默寡言的幽靈一般。

無人島的字典

只帶一本書去無人島的話，該帶什麼好呢？經常有這種假設性問題。爲什麼一定非要特地去無人島不可呢？那原因和經過不是太清楚（是被流放的，或自願去的？誰稀罕自願去什麼無人島呢！）雖然不是很好的假設性問題，不過說得太詳細也沒用。到無人島要帶什麼書去呢？

我會帶自己的小說去。而且每天讀著「啊——這裡不行」或「這裡這樣改吧」用原子筆一一詳細記錄下來。這樣做好像可以消磨相當多時間。其實這樣做的話，一個月下來，說不定會變成完全不同的小說……想到這裡，沒什麼了不起，不用帶什麼書，只要自己唰唰地寫出小說來就行了，就這麼辦。這一點當小說家還眞方便。只要適當寫出一個又一個故事，無聊時就讀一段「明彥用指腹在小惠白皙的肚皮上輕輕撫摸」的文章給猴子聽。

不過要把我驅逐到無人島去的人，想必不會好到容許我攜帶原子筆和稿紙的地步。

「啊——等一下，等一下！嘿，不行，這種東西不能帶。又不是到山之上飯店閉門寫稿，是去無人島啊。這方面的不同你要搞清楚啊。」這樣說著就要把紙和筆收走。

如果這樣的話，那麼我想選一本外文辭典好了。不管法文、英文、中文、或希臘文什麼都可以，選一本相當厚而扎實的辭典帶著去。然後花幾個月幾年努力把那種外文完全弄通。然後用法語讀：「明彥用指腹在小惠白皙的肚皮上輕輕撫摸」給猴子聽，以打發無聊時間。

不過暫且不談什麼無人島，我倒眞喜歡字典這東西，有空而沒東西可讀的時候，我常常會躺下來讀英和辭典。辭典這東西是相當有趣而富有人情味的。讀書和工作上使用時，難免感覺「我是辭典」的僵硬而難以親近，但只要離開書桌一步，走到走廊去和貓一起躺下來悠哉地翻閱時，對方也會輕鬆下來，讓你看到另一面：「嗯，只有在這裡我才告訴你……」例如舉一段例文來看看，有些相當含蓄，讓你不禁脫口唸出來。甚至覺得自己的人生觀（說起來相當貧乏）好像有相當大的部分是由英和辭典的例句成立的。

《Readers' 英和辭典》的"little"一字出現有"Little things please little minds"的例句。「沒錯，確實是這樣。」我一個人獨自點了十次頭。翻譯過來的意思

Little things
please
little minds

是「小人因小事而高興，」說得更明白易懂一點，就是「無聊人因無聊事而高興」。

不過如果讓我加上自己的意見的話，我想說，無聊人因無聊事而高興的同時，也爲無聊事而生氣。所以我原則上不太信任因爲奇怪的事情而高興或激動的人。例如「好像不是這樣，是不是搞錯了？」這樣的時候，卻有人熱心地讚美我。世界上最危險的就是這種類型的人。既然被讚美所以應該很好吧，當你這樣想時，這種人一定又會在莫名其妙的地方開始生氣。對這邊來說，完全是無謂的消耗。對方是不是little mind姑且不談，但我盡量不和爲了一點little things就高興的人交往——這是人生的鐵則。不過一面這麼說，自己卻爲了little things而高興的話，就沒辦法了。

其次——我想這曾經在某一本小說中用過——所謂「任何刮鬍刀都有它的哲學」也是我非常喜歡的格言式例句之一。高中時代讀到這句時，就「嗯」地唸起來，從此以後一直刻在腦子裡，很遺憾我已經忘記正確的英文了。總之意思是「不管多麼微小的事情只要每天繼續的話，自然會生出哲學來」。這麼一說之後，可能有人會覺得：「什麼嘛，哼！」不過如果說：「任何刮鬍刀都有它的哲學，」卻會奇怪地讓你覺得：「哦，是嗎？」而被說服。結果「刮鬍刀」這日常行爲和「哲學」結合的地方正是妙處，我也每天早晨一面刮著鬍子，一面不知不覺地考察起其中包含的哲學本質。我每次都從鬢毛開始刮，其次下顎，最後刮鼻子下面的髭，依照這樣的順序刮，或許在這順序中也可以看見哲學的萌芽吧。這樣想時，如果有思想家從Comme des Garçons的服裝中發現哲學的話（應該有吧），或許一點也不奇怪而是理所當然的。

那個歸那個，我認識的一個男人說：「我眞討厭每天必須刮鬍子。要是生爲女人就好了。每天刮鬍子不如有生理週期好。」他跟女人這樣說。她是一個每次生理來都很痛的人，就說：「我如果能沒有生理痛的話，叫我天天刮鬍子都願意。」不過這種事情就算意見一致也沒有任何用處，眞傷腦筋。人都只能各自肩負著某種重擔繼續活下去。任何生理痛都有哲學。雖然我也有點無法想像那是什麼樣的哲學。

查一下candle時（現在只是隨便翻開一頁而已），就有這樣的例文：“You can not burn the candle at both ends”。意思是「蠟燭不能兩頭燒」，也就是指不可以同時採取兩種相反的行爲。有一位不知害怕的格言破壞者Harpo Marx竟然大膽地在一部電影中試著實際在蠟燭的兩端點火。Groucho Marx批評Harpo的胡鬧行爲說：「你這個傻瓜，You can not burn the candle at both ends.」Harpo從他的大披風中拿出兩端都有芯的蠟燭出來，點上火。這種笑話光看字幕不太能了解，如果不知道這句格言的意思也就不好笑了。Harpo每次逮到機會就一定會把這樣的成語名言打擊得體無完膚。

像這樣一面想著各種事情一面悠哉地讀著辭典，也很不錯。坐在簷廊一面喝著昆布茶一面這樣讀著時，已經像在過老年日子了。從plod讀到plummy時忽然抬起頭時，只見天空已經像拉出絲絲刷毛的薄雲晴秋了……。不過如果在電車上看見一個一直著迷地讀著辭典的年輕男人時，又會覺得有點可怕吧？

微小的時鐘之死

我家裡總共有十五、六個鐘錶。手錶、座鐘、鬧鐘……等等，各式各樣的時鐘在家裡到處滴答滴答規律地刻著時間。

要問我爲什麼有這麼多鐘嗎？這點我以前好像在什麼地方寫過，就不再提了，但總之有很多鐘。如果是以前的話，光是每天要一個個到處上發條就很辛苦了，不過最近的時鐘幾乎都改成電池式，什麼也不做也能自己動個兩年左右，確實省掉麻煩，輕鬆多了。雖然生活在同一個屋簷下，不過時鐘歸時鐘自己動著，我們歸我們生活著——怎麼說呢，關係倒是相當酷。

以前，話雖這麼說，也只不過是前一陣子而已，還不是這樣。給時鐘上發條就像刷牙、餵貓、早晨讀報紙一樣，是一種確實刻進生活中的日常行爲，我們透過上發條和時鐘互相接觸。在那樣的時代，說得誇張一點，時鐘就是我們的家庭成員之一。父親捲著古老的瑞士製手錶，母親用蝴蝶型金屬道具捲著掛鐘發條，孩子則捲著鬧鐘發條。這都不必一一去思考記憶，而是極自然的行爲，眼睛一看到時鐘，我們就會反射性地各自去上發條。說來奇怪，不過以前常常會眼光和時鐘相遇。最近這種事情也沒有了。當然我們每天還是會看時鐘，只是不再有「眼光相遇」的感覺。就像感情雖好但熱情已經冷下來的情侶那樣。

上發條這件事，說起來雖然麻煩，卻自有它獨特的手感。唧哩唧哩唧哩地捲著發條時，剛開始鬆鬆垮垮的發條漸漸緊實起來，開始具體成形，最後終於咻一下收拾妥當。那是個微小的交易儀式。我上發條，你轉動，這樣。而且我們只要上發條，時鐘就會確實地至少轉動一整天。

然而以某一天爲界，一切都改變了。小型高性能電池被開發出來，你不用去管他，時鐘都能繼續轉個幾年。已經不需要上發條了，他們說。你已經從上發條被解放出來。於是我們便遠離了上發條的行爲。

然而，正如所有的現象都包含著正反面的矛盾一樣，這電池時鐘的方便性中，畢竟也有那方便性的缺點。那就是──我想各位大概也有過經驗──有一天電池突然唐突地沒電，而時鐘也就突然死了。沒有任何前兆任何呼叫，等你發現時，那已經名副其實地死掉了。而且不管你用什麼手段挽救，除非更換新電池，否則時鐘是不會復活甦醒過來的。

不過這種事兩三年才發生一次，你可能會說，比起每天上發條的不方便，這眞是小事一樁，我也原則上同意。我絕對不是一個主張過去的東西全都是好的，這麼懷古念舊的人。我想說的只是，電池鐘的死，好像含有某種冰冷沉重的意味。正因爲幾年才停一次，所以那死才更加令人感覺到宿命難以避免的來臨。早晨，睜開眼睛，發現枕頭邊的時鐘針停了（或電子式數字消失了），這件事對我來說，每次都是不小的打擊。就像黎明的白月一樣，那死被包含在微小的沉默中。

她送給我這個鐘，是去年夏天的事。我們（我、我太太、她、她先生）偶然在同一個時期決定去夏威夷，於是決定共同租幾天茂宜島的小木屋。無論租車或訂旅館，四個人租總比兩個人租便宜多了，而且我們又是同年代、同一所大學畢業的。她和我太太以前就是朋友，算是互相了解彼此脾氣的。

那時候她帶了這個旅行鐘。是航空公司廣告活動的贈品，小型的電子鐘，只要對準刻度，就能顯示世界主要都市的現在時刻。我因爲經常苦於要計算各地的時差，看著就說：「這個，好方便啊，」（聽起來可能很像想要的樣子）於是她說：「好哇，我有兩個，就送你一個吧。」那個旅行鐘就這樣變成我的。

平常當鬧鐘用，旅行時當然一定帶著走。

她從夏威夷回來的一年後死了。突然死了。我過去也有相當多（以和平時代來說算是過多的多）同年代的朋友熟人死掉，每一位的死都同樣令我傷心，不過三十五歲以後的死和二十幾歲的死，那悲哀又有不同。老實說，與其悲哀不如更先感覺到後悔的成分。彼此到目前爲止都曾經遇到危險的事，好不容易才克服了活到現在，卻爲什麼又這樣呢……不免會這樣想。不過這種心情可能要同年代的人才能體會到。

她就像世上其他多數女人一樣，是一個還留有幾分少女傾向的現實主義者，喜歡誠實的言語和美味的食物，到一九八〇年代爲止，還繼續聽著Beach Boys和Antonio Carlos Jobim的音樂。而且——抱歉聽起來彷彿在鞭打死者似的，不過借用我太太的說法，她——很小氣。不，正確說好像並不算小氣，她還滿快樂地花過錢。只是對她來說，與其把東西給別人，不如更喜歡從別人那裡收到東西。——是這樣的人。所以她也不是主動給我那個鐘的，而是她先生說：「我們有兩個，妳就給他一個嘛，」她才勉強給的。爲了答謝她，我想找出她所喜歡的Walter Wanderley的珍貴唱片送她。結果在找到唱片之前，她就死掉了。

總之從這個女孩子（就算三十七歲了，可是同樣年紀的女人，對我來說全都是女孩子）那裡收到的時鐘，有一天早晨我醒來時已經停了。肚子餓的貓喵喵地吵醒我，於是我想：「咦，現在幾點了？」看一下枕邊的鐘，針指著二時十五分就停了。

我給貓餵過貓食，一面給自己泡咖啡，煎荷包蛋，一面想起，對了，那個女孩子已經死了不在了。時鐘，簡直像把生的餘韻也斷絕了般，忽然停了。

「狹小的日本・明朗的家庭」

上次我在街上散步，路邊立著一塊寫著：「親子無話不談的快樂家庭」的標語看板。原來如此，父母和孩子能無話不談的話，家庭就會快樂嗎？一面想一面不在意地走過去。但後來很奇怪，卻對那句話放不下來。（我常常會對小事掛心），第二天再走到那看板前面看看。原來是當地小學標語比賽的入選作品。不是我愛挑剔，不過以小學生所作的來說，這標語好像少了一點趣味。平凡無奇，單調呆板，完全感覺不到孩子氣。只是絞盡腦汁，把單字排列出來作成的空虛文章而已。當然不用說，這與其要怪創作的小孩，不如該說選出這種作品的老師有問題。小孩竟然迎合會選出這種作品的老師的價值觀，眞可憐。

這暫且不提，不過父母和孩子可以無話不談的家庭，眞的就是快樂家庭嗎？我站在那標語前面，沉思起根本問題來。這種標語常常會強迫你去確認一些根本性的思考。我這樣想，所謂家庭終究只是暫定性的制度。並不是絕對的東西，也不是確定的東西。說得明白一點，那是一種會過去的，不斷在變遷的東西。而且藉著認清那暫定性的危險，家庭才能有彈性地柔軟吸收家庭成員各自的自我。如果沒有這個的話，那麼所謂家庭也只不過是無意義的僵硬幻想而已。所謂家庭，就是柔軟作成的自我的零和社會。我個人這樣認爲。所以我想，認爲父母親和小孩能毫不隱瞞地誠實對談，家庭就能因而健全的想法，未免太過於單純而片面了。

當然我也認爲家庭成員全都疑神疑鬼的話，確實可能很不妙，不過彼此稍微有一點祕密倒也不妨吧。有能力清楚分辨什麼是該說的，什麼是不該說出來的，對自我的社會化應該是相當重要的能力。什麼都可以說出來才是善的想法，我認爲有點過於牽強，那並沒有納入家庭本來該有的柔軟想法中，我並不是要否定擁有這種想法的本身（這當然是個人的自由），不過勉強作成標語則令我無法苟同。

不過這暫且不提，在國外住一陣子再回來後，感覺日本眞是個喜歡標語的國家。在國外很少看到標語。就我所知，標語這麼多的，只有日本而已。這麼想時，重新看看周圍，發現日本全國到處都充滿標語。而且淨是一些令人懷疑到底有什麼用的不可思議而不可解的東西。不但沒有用，很多甚至不合理，或以文章來說缺乏品味。例如就以這「父母兒女云云」的標語來說，這種標語

立在路邊，你認爲會有什麼效果嗎？看到這塊看板的人會因此被導向善良的方向產生良好結果嗎？我認爲不可能。當然世上有各種人，所以十萬人可能有一個人會這樣。不過總不能只爲了這個就特地召集小學生來舉行比賽吧，我覺得完全沒有意義。丸谷才一先生曾經在某個地方寫過讓小學生寫詩是無意義的，我覺得讓小學生作標語也半斤八兩，同樣沒有意義。

其次走在街上我經常看到：「讓世界人類和平相處」的標語看板，這我也搞不太懂。完全無法理解。當然我也希望世界人類都能和平相處。在這層意義上我對標語的主旨本身並沒有異議。不過勉強要說的話，我覺得：「那又怎樣呢，難道你說只要地球好，管他宇宙怎麼樣嗎？」這又有點太過分了。所以主旨根本上我是贊成的。問題是那種看板在日本全國到處掛出來，難道就有什麼具體效果嗎？在看到那個標語的人腦子裡輸入「讓世界人類和平相處」的主張，人們就會跟著這個行動，結果世界和平就來臨，人們從此幸福快樂，有這種可能嗎？沒有吧！我可以斷言。絕對不可能有這種事。爲什麼呢？因爲這個世界本來就沒有人希望世界人類不和平的（如果有，那種人也不會因爲看到看板就頓悟道：「對呀，世界人類必須和平相處」而洗面革心）。因爲人是不可能因爲頭腦裡輸入那個就產生新的具體效果。例如舉個極端的例子，希特勒在狹小的意義上也希望世界和平。只不過他是基於日爾曼＝亞利安民族的狂信價值觀主導下，認爲應該這樣，所以理所當然的導致戰爭。只是對世界的認識本身偏差瘋狂了而已。

總之我想說的，並不是讓人們希望世界和平就沒事了。必要的是共通的世界認識，和更具體的詳細行動原則。如果沒有這個，那什麼都不用談。

我把這種沒有行動原則的模糊（但又難以反駁）的主張稱爲「超人式的主張」。超人看到這個可能會重新下決心：「對了，我要讓世界人類和平才行，」意思是除此之外沒有任何效果。不過這種標語眞的很多。多得令人厭煩。像

「邁向無犯罪的光明社會」，或「目標・零交通事故死亡」什麼的，我完全搞不懂爲什麼要特地掛出這種看板。光看著就覺得愚蠢。只是資源和人員的浪費，街道的污染而已。

此外也有很多多管閒事的標語，看了也非常難過。例如最有名的是「狹小的日本，急著趕去哪裡？」這眞是多管閒事。是誰決定日本很狹小的？或許是吧，日本是比西伯利亞或撒哈拉沙漠小沒錯。不過以我的實際感覺來說，卻是個相當廣大的國家。東京也是個相當大的都市。就拿山手線車站來說，就還有很多是我還沒下車過的車站。可是劈頭就來個「狹小的日本」，我可不以爲然。太一面之詞了。何況國土狹小的國民難道就不可以急著趕路嗎？這也有問題。不管是誰，住在什麼地方，都會有趕的時候。那樣的時候不管誰說什麼都會覺得路太長、世界太大。當然我也反對車子胡亂加速，可是總不能因此就在世間到處亂掛這種言語感覺奇怪的看板吧？我覺得這種多管閒事的看板，最多的好像是和警察有關的單位。那幾乎都奇怪得無可救藥，而且無效。我有一次在山梨縣一帶看到一個看板寫著：「不要超速，死掉就完了」，看到這樣的看板，漸漸覺得好可憐。心情沉重起來。這或許是日本官僚組織的本質，不但多管閒事，而且品味低得不得了。我不認爲世間的駕駛眼睛看到這樣的標語就會降低速度。他們一定不是忽視，就是嘲笑吧。而且本來就是膚淺拼湊的文字，所以看過幾次之後，看的人就沒什麼感覺了。這麼一來，只剩下厭煩而已。日本警察的宣傳廣告，不但言語感極度落後，而且總有上意下達的意味。

或許我對一些沒什麼關係的事，過於一一挑剔了。不過希望你能稍微想一下。就算有一天，把日本全國現在的標語海報和看板全部拆掉丟到海裡去，誰也不會感到困惑的。絕對不會。犯罪、交通事故、虐待、選舉棄權、貪污、強姦、酗酒、麻藥，從來沒有因為有了標語就減少，反過來說，也不會因為沒有了標語就增加。說得明白一點，那種東西大半是完全無益而無用的東西。那些甚至連資訊都不算。那麼為什麼需要那樣的東西呢？我們應該有更需要的資訊吧？我想如果有閒工夫去製作、張貼那樣沒有任何用處的標語，為什麼不會去充實街上更正確、更容易辨識的道路標誌和地址標誌呢？我不是在生氣。這眞的是純粹的疑問。

相反的，我現在最想貼標語的地方，是賓館的房間裡。像「眞的一定要做這種事嗎？」或「完了之後很空虛吧？」或「每次不都一樣嗎？」我想寫很多這種多管閒事的標語貼看看。一定很惹人厭吧？

史考特・費滋傑羅和理財技術

如果要我選出我最喜歡的三位作家，我可以立刻說出來。史考特・費滋傑羅、瑞蒙・錢德勒、楚門・卡波提。只有這三位的小說，我大約二十年來已經前前後後毫不厭倦地重複讀過好幾次又好幾次了。漫長的國外旅行時，我一定會把這三位的小說放進皮箱裡去。不管重讀多少次，都從來不會感到失望。如果長期旅行叫我再追加兩位作家的話，那就是福克納和狄更斯。這兩位作家的東西相當適合旅行時看。不過不是旅行時，就不太會想讀倒是眞的。

那麼，費滋傑羅、錢德勒、卡波提的共通點，可能是私生活都不太正常吧。三個人說得保留一點，都很難說是情緒穩定的人。卡波提以個性極爲敏感、同性戀、有時會有很特異的行爲著名。錢德勒和大他二十歲的妻子過著奇怪的婚姻生活、酗酒。費滋傑羅也同樣酗酒，理財觀念零，去世時還負債累累。跟我的人生相當不同。跟這些人比起來，我的私生活看起來簡直像馬克債券一般穩固。不過不知道爲什麼，我就是幾乎宿命性地喜歡這三個人的小說。

我跟費滋傑羅只有一個共通點。那就是不喜歡賺錢營利。該說是賺錢營利呢？還是現在所謂的「理財技術」，這我眞不行。像買股票，買黃金，買土地，光想到這些我就頭痛。感覺腦子好像收縮起來，空氣流通變差了似的。我太太有時候會說：「嘿，你看這什麼基金怎麼樣？」這種東西我完全不懂，所以就說：「妳看著辦就好了，看著辦。」趕快逃開。於是我太太就會說：「可是，你是男人哪。」是男人沒錯，但男人也不是與生俱來就精通世界經濟吧。我太太雖然並不討厭花錢，卻不擅長如何使它增加（很糟糕的個性），結果我們家的經濟狀況永遠都一團亂，沒辦法只好放著不管了。

同樣地，這樣說有點過分，不過費滋傑羅也是一個徹底不懂得儲蓄和理財的人。費滋傑羅和太太潔達（Zelda Fitzgerald）總之有多少錢就花多少錢。二十歲出頭還沒什麼人生經驗，就當上超級暢銷作家，所以完全沒有理財觀念。史考特宿命性地愛虛榮，潔達又是從來沒缺過錢的任性小姐。要說是最壞的組合也不爲過。總之進來的就會毫不保留地全部花光光。名副其實地花光光。如果還不夠，就向出版社預先借支。出版社因爲想要他的稿子，所以就繼續預借給他。於是債務就像雪球般越滾越大。他們完全沒有存款。那是二〇年代史考特・費滋傑羅的基本生活模式。未來會怎麼樣已經眼看著清清楚楚了。

當然我並沒有這樣亂花錢，然而確實也沒有聰明地運用過錢。我周圍的人，看我這麼缺乏理財知識也覺得很可憐，總有人親切地勸告我。「告訴你喲，小說這東西就像流水一樣，所以你不趁早投資，不行啊。」那人說。要說像流水確實也沒錯。在還有元氣的時候還好，一旦身體搞壞了，就沒有任何保障了。「你的錢都怎麼運用？存銀行定期存款？別開玩笑了，那怎麼行？在這超低利率時代，怎麼可以這樣。現在是賺錢的時候。現在不賺什麼時候賺？」

就這樣，他勸我買套房。如果是套房的話很簡單、很安定所以沒問題。總之要投資不動產，今後的時代。因爲戰後從長期來看土地就從來沒有跌過價……。這麼說來是這樣嗎？好像也沒錯，開始覺得眞是這樣了。如果是套房的話，我也不是買不起。於是就在他的推薦之下，一起去看看那間套房。這個人很厲害，光在東京都內就擁有七、八間套房，說得明白一點是個套房權威。照他的話做沒錯。於是就去看他說「可以買」的物件。

那是在麻布斜坡下十坪左右的大廈套房。搭了像衣櫥般的電梯上到五樓。看了很狹長的奇怪房間。擺上一張床、空間就滿了的房間，兩個人不並排就無法一起吃飯的附餐桌小廚房，和像洗抹布的水桶一樣小的浴缸，這樣就要三千萬元——這是一九八五年的事。「我不喜歡這間，這樣要三千萬，簡直太愚蠢了。」我說。「我也覺得。」我太太說。「可是，並不是要你們住在這裡，」他說：「這純粹只是投資。這不是房間，就跟股票一樣。你會介意股票的顏色或花紋嗎？沒什麼喜歡或討厭的。可是這個卻會增值。我可以保證，買了一定賺。」

不過最後我們並沒有買那間套房。因爲不管怎麼說，我都不覺得那間套房像股票。既然是一個房間，就應該是人可以住的空間。自己都不喜歡的東西，才不願意拿錢去買。這是我們的信念。這麼一說他也就算了，從此以後不再給我們任何理財建議。他一定認爲我們是傻瓜。

我們確實是傻瓜。

怎麼說呢？因爲八個月後我們從歐洲生活回來一看，由於地價可以說是瘋狂地高漲，那間套房的價格輕易地越過了五千萬。如果我們買了那間套房的話，只要一年半就可以賺進大約兩千萬的增值。

「我們應該聽他的建議買的。」我太太嘆氣說。

「就是啊。」我也說。

不過就算再遇到同樣的狀況，我想我們還是不會買那間套房的。我們也很清楚。因爲我們還是怎麼也不喜歡這種事情。聽起來好像很神氣，不過我認爲就因爲這些到處投資房地產的人和社會的關係，使得東京的地價瘋狂上漲（要命，連政府都在炒），因此逼得普通人工作一輩子都不一定買得起一棟房子，這種狀況怎麼想都不是正常社會。如果有人認爲這是正常社會的話，那也不是正常人。

確實少賺兩千萬很可惜，不過老實說，再怎麼說還是金錢遊戲，自己不想住的房子我完全不想買。如果要花腦筋或神經去做這種事的話，就算是「流水」也罷，我還是一個人小氣地寫小說要好得多。因此現在我們兩個人還有飯吃，這樣就可以了吧。以後的事以後再想就行了，我想。總之太麻煩了。我想我的個性是徹底不適合理財的。並不是我自豪。只是單純的缺乏這種能力而已。

不過話回到費滋傑羅身上，他是在一九二九年的經濟大恐慌中，完全沒有受到傷害的少數美國人之一。爲什麼呢？因爲就算要被害，他也完全沒有擁有任何所謂的資產。一九二〇年代這前所未有的好景氣時代過去了，那麼會賺錢的他卻幾乎沒有留下一點資產。**除了小說以外他什麼都沒有**。

我一想到費滋傑羅，就受到非常大的鼓勵。至少從經濟方面來看，我已經比他稍微好一點了。

我為什麼不擅長雜誌連載

我自己都覺得自己性子相當急。急性子，沒耐性。

就拿吃東西來說，速度就很快。沒辦法慢慢享受吃的樂趣。如果勉強慢慢吃時，會漸漸對吃這個行爲感到厭煩起來。開始感覺人生寶貴的時間（雖然無法分析怎麼寶貴、有多寶貴）好像都浪費掉了似的，開始生起氣來。當然如果是去懷石料理或義大利餐廳，因爲有心理準備，就不會這樣，但日常用餐時，我想我吃的速度算是相當快的。喝酒的速度也相當快，所以不習慣坐下來慢慢喝。尤其我並不很能喝，所以一個人想喝的話就趕快喝，喝完多半就去睡覺。換句話說，我的性格應該算是相當不情緒化吧。

其次吃過飯之後，我會立刻把碗盤收拾好清洗掉。吃過之後，我不喜歡面對骯髒的餐具，繼續拖拖拉拉的坐著。所以一吃完之後，幾乎同時就站起來，把碗盤拿到廚房的流理台去，順手趕快洗乾淨。總之動作很快。而且整理完畢後，或開始工作、或刮鬍子、或打掃，立刻進行下一個動作。我不擅長吃過飯後，休息一下、悠閒地喝個茶。我不喜歡閒閒地看報紙，連報紙都沒訂。因爲如果訂的話，總難免坐下來慢慢看。我常常看到小孩吃過飯之後大聲說：「我吃飽了！」，就跑出去外面的光景，基本上很像這樣。我是個很難安靜不動的人。我太太好像已經對我這種性子放棄了，不過還是常常會生氣。我吃過飯馬上要收碗盤時，她會說：「你不必這樣，就稍微坐一下嘛，」或大叫：「不要把那個盤子收走，我還在吃呢。」對她來說，剛剛吃過飯，總想休息一下，談個什麼吧。

不過雖然覺得很抱歉，但這種事情，我眞的不拿手。曾經努力過坐在餐桌前，聊過庭園的什麼樹，結了果實，結果什麼鳥飛來把它吃掉了，這些雜事，不過才經過不到五分鐘，我的身體又不知不覺地開始蠢動起來，拿起桌上的鉛筆在便條紙上畫起星星，拿起橡皮圈來拉著玩，總是無法安定下來。

並不是因爲對方是太太所以才這樣。從以前開始我跟別人一起吃飯，情況多半也一樣。跟女孩子吃飯、喝茶，沒辦法就那樣悠閒地輕鬆一下。立刻就說：「好了，出去吧！」出去要做什麼嗎？並沒有特別要做什麼，只是走路。我喜歡走路，一面走著，比較可以定下心來談話。所以我太太有什麼話要說時，一定會邀我去散步。在附近漫無目的地走個一小時、或兩小時後才回家。

腳不夠強壯的人，沒辦法跟我交往。不是開玩笑。

一面走路一面跟人談話，一面跑步一面思考。我大約一天會在外面跑個一小時到一個半小時，在那之間眞的想到很多事。小說的事、家裡的事、未來的事、物價的事、音樂的事、該買東西的清單、希臘語的動詞變化，林林總總的各種事，總之想到所有的事。當然因爲一面在跑步，所以自然就會消耗體力，不過我如果不這樣釋放能量的話，好像就沒辦法好好鎭定下來思考事情。身體某種程度疲勞之後，才好不容易有心情，「那麼，就來想一想吧。」我沒辦法安靜坐在什麼地方沉思默想。那對我來說，就像汽車引擎空轉一樣，怎麼也無法鎭定。不過這種性子竟然能當作家，自己都常常覺得不可思議。或許寫小說也是一件相當重的肉體勞動吧。

總之我是個急性子。

例如這種稿子，我在截稿日期之前很久就寫好了。光想到有截稿日期，我就會急躁不安。我正在寫的這篇稿子，嗯，現在是一九八七年的八月二十一日上午十時。怎麼樣，很厲害吧？（注．本篇報導預定刊登在*High Fashion*的一九八七年十二月號）。這麼久以前我就寫了。到目前爲止我從來沒有拖延過截稿日期。我把非作不可的工作表貼在牆上，做完一件就消去一件。只要還留下一點未完成的事，我就會坐立不安，沒辦法放手去做自己喜歡的事，所以我會一件又一件地解決掉。而且把有截稿日期的工作化爲零。所以我實在不喜歡連載這種東西。光是有連載，我就會長期無法鎮定。只有*High Fashion*的連載，因爲總編輯很可怕，所以我幾乎都像在工寮裡一點一點斷斷續續做的。

〔小情報〕文化出版局這家雜誌集團的女人，別看那外表，其實都是很有個性又可怕的。因爲經常要搬運洋裝之類的，所以很有力氣，編輯部幾乎只有女人，所以說話語氣也很粗野。說什麼「哎——喲」的。彼此也玩摔跤競技。外表看起來雖然漂亮，那只是因爲很會化妝的關係，還有可以便宜買到廠商拍賣的衣服而已。有時候一高興起來會請我吃天婦羅，所以不太想寫她們的壞話，不過這不是開玩笑，是眞的。〔小情報結束〕。

話說我的性急例子，要說也說不完。不只是吃東西的速度快而已，用餐的時間也比一般市民各提早大約一小時。五點半早餐、十一點午餐、五點半晚餐，這樣。等不及和一般人同樣時間吃。於是吃飯時間自然越來越提早。所以住旅館的時候，非常傷腦筋。我五點一過就起床，到早餐出來爲止的兩小時之間，沒事可做，只能餓著肚子，心情變得非常壞。我太太雖然說，那就前一天晚上買飯糰或香瓜麵包吃也可以呀，可是覺得好悲哀，住旅館一大早還不得不吃什麼香瓜麵包。反過來說提早吃飯的快樂是，可以避開尖峰時段，餐廳總是空空的，可以悠閒地用餐。這也算是性急的效用吧。

約會時我也不會遲到。經常大概比約定的時間提早十五分到二十分到現場，在附近閒逛著消磨時間。我多半走進唱片行或書店去，有時候也會看衣服。心血來潮時，偶爾會走進雜貨店去仔細看鍋子。爲什麼特地去看什麼鍋子呢？我也不太清楚，不過偶爾仔細看看鍋子也很愉快。或許會有意外發現。

我非常喜歡像這樣擁有一點多餘的時間。那簡直就像人生中得到固力果糖果公司的贈品一樣。雖然是因爲性急而多出的剩餘時間，不過這種時候反而能非常悠閒而心平氣和地度過時間，所以很有意思吧。

CAN YOU SPEAK ENGLISH?

我不太擅長英語會話。不如說得更明白一點，相當不擅長。

我做了很多翻譯工作（啊，其實我翻譯了十本書），最近一年有半年時間一直住在國外，所以一般人往往以爲我的英語會話一定很流利，沒這回事，不好意思，不過依然不擅長。有時候有事非要跟外國人見面用英語談話時，我從早上開始胃就很沉重，眞沒辦法。

不過仔細想想，這對我來說，絕對不是不自然的事。因爲就以我的日語會話來說，就壓倒性的不擅長。如果是非常熟的對象還好，在一般人面前我不太會說話，非常緊張，聲音都吊起來。結果嘴巴不是衝口說出不得體的話，就是錯得亂七八糟。常常看到電車上懸掛的廣告，寫著：「你因爲不擅長說話而吃虧嗎？」我的狀況大概跟那個很接近。連日語都不太會講的人，怎麼可能流暢說出英語呢？這讓誰來想，都是極爲理所當然的事。不是嗎？就像以日語唱歌都唱得五音不全的人，用英語唱當然也會唱得五音不全，是同樣的道理吧？

學英語會話時，我想日本人根本上的誤解，大概就在這裡。會話這東西是天生的，有人天生就很行，有人天生就不行。會話不行的人，怎麼想把英語會話學流暢，都有先天上的極限。爲什麼呢？那是天生的問題。和不擅長用日文寫文章的人，再怎麼學英文作文總有極限是同樣的道理。

然而世上似乎有很多人以爲外語會話這東西是可以後天學會的純粹技術。以爲只要記得規則，把該背的單字多背一些，把發音矯正，並且多模擬幾次實際現場狀況，就誰都可以把英語會話學得很流暢。所以才會發生坊間充斥著英語會話教室、書店錄音帶和書堆積如山，卻很少見到學好英語會話的人，這樣的事態。我可以斷言，要在街上的英語會話教室學會英語會話是不可能的。當然其中可能有人可以學會，但我想那只有非常喜歡學習的人，或先天就有語言、會話能力的人。除此之外對一般平民百姓來說，英語會話教室，說得明白一點——或許可以訓練頭腦——只是浪費學費和時間而已。我不是想妨害英語會話教室的營業，不過以我過去的許多見聞來看，我想我說的大概不會錯。

你會問那麼該怎麼辦才好？怎麼樣英語才能說得好？這是很難回答的問題。因爲我自己都說不好，自然沒辦法回答。如果能回答的話，我自己的英語會話應該更好才對。因爲以我的經驗來說，所謂外語這東西，只要逼不得已不得不講，某種程度就會講了。反過來說，缺乏有必要非說不可的逼迫，首先就不行。這雖然是非常單純的結論，卻是不爭的眞實。我想像人類被必要的情況逼迫時，體內自然會溢出類似特殊的內分泌，可以使注意力集中，有利於學會語言，不過科學上的眞假則未定。暫且不管理論如何，必要性這東西，是語言學習上最重要的要素，這憑經驗來說就不會錯。

那麼現在的日本，有多少人是眞正有必要擁有英語會話能力的呢？我也不知道。例如在貿易公司、飯店、航空公司、或外商公司上班的人，當然一定是必要的了。這我也知道。不過住在文京區千石的普通家庭主婦，我太太的妹妹（三十五歲）突然開始去英語教室上課，這老實說，我就不太明白了。「因爲，路上遇到外國人、被問到什麼，答不出來不是很傷腦筋嗎？」這是她開始去補習英語會話的理由，但這算是「必要」嗎？非常難說。如果說日本正在國際化中，所以這種事情也是必要的，我想也沒錯，不過另一方面，我想偶爾被外國人在路上問到什麼，只要說一句："I'm sorry, I can not speak English." 不就行了嗎？因爲在路上遇到外國人問你什麼，可能三年也沒有一次吧？（順便一提我在日本遇到外國人向我問路，這十年只有一次）。因爲這樣，就特地去英語會話教室上課，時間的用法未免太不經濟了吧？如果有那個時間，難道不會用在對人生更有意義的事情上？如果要說，這是個人的自由，那我也沒話說了。

其次現在流行的所謂兒童英語教室，也叫人搞不懂。我的外甥也去學了一點，會說："Thank you very much."，"You are welcome."，不過，那也算必要嗎？要說是小孩小時候學語言是必要的，那我也沒話說。可是一個六歲大的孩子爲什麼非要學習雙語不可呢？這我就完全無法理解了。日語都還不會的小孩卻表面化地學一點雙語，又有什麼意義呢？我好像不厭其煩地說過幾次了，不過小孩如果有才華或有必要，就算沒去英語會話教室學過，也自然會在人生的某個階段學會英語會話。重要的是要認清自己到底對什麼有興趣。日語的眞正會話從這裡開始，同樣的英語會話也從這裡開始。例如我高中時代一直在讀美國小說，所以先從讀和寫開始進入英語，其次才一點一點進入會話。所以花了很多時間才會說英語。就像前面說過的那樣，現在都說得不算好。只能結結巴巴不流利地說。發音也很草率。無法順口而出。不過這就是我這個人。我有適合的事情，也有不適合的事情。這樣想總算過得去。我們既然是不完美的存在，不可能樣樣都精通。世間有各種人。每個人都各有優點，也各有缺點。有得意的事，也有不擅長的事。有人很會對女孩子甜言蜜語，有人很會做星期天木工。有人適合推銷東西，有人適合默默寫小說。我們無法變成別人。這是根本原則。不過我們可以配合這個去發展自己所長的適當風格。所以例如以會話來說，不管是否擅長說話，每個人應該都各有不同的說話風格。擅長的人有擅長的人的會話風格，不擅長的人應該也有不擅長的人的會話風格。

到國外去就很清楚，語言都不太通，可是氣味合得來的人就是合得來。不管語言多麼能了解，氣味不合的人還是不合。這是自然就能知道的事情，現在的日本正處於壓倒性的英語會話熱潮中，這種事情好像反而被忘記了。當然會話也需要技巧，不過首先如果沒有自己這個人的感覺或存在感的話，那麼只會止於文法結構和死背單字就完了。而且這種會話能力不管能溝通多少，都無法繼續進步，這種無法擴展的會話能力，我完全不喜歡。例如小澤征爾，他在國外住那麼久了，英語絕對不算流暢，但說話方式卻令人有信賴感。要問好在哪裡，雖然很難說明，不過聽起來自然會讓你點頭：「嗯，沒錯。」有這樣的地方。相反的有人能說相當流利的英語，但說的話卻很難令人信服。要舉例的話會傷人，就不舉了。

我非常困擾的是，碰到知道我在做翻譯的外國人時。對方以爲我既然在做翻譯，那麼英語一定非常流暢（美國人的話當然會這樣想）。所以我每次都捏一把冷汗。從前我到美國去，到明尼蘇達州的聖保羅時，去看一場以費滋傑羅的故事改編的戲（史考特．費茲傑羅生在聖保羅）。戲演完後，一個類似司儀的人走上舞台開始向觀眾介紹：「今天有一位日本作家，他也翻譯費滋傑羅的小說，村上春樹先生就在現場，讓我們請他來說幾句話……」那時候眞的很難堪。我打算簡單打個招呼就退下的，可是竟然有十個左右的人舉手提出：「村上先生，史考特．費滋傑羅的文學在日本的評價如何？」之類麻煩的問題來，讓我覺得眞想死掉。因爲我在日本連用日語都從來沒有在眾人面前說過話，何況用英語？不可能會說。更何況是相當複雜的專門話題。完全不行。

當時自己到底說了什麼，還有人家是不是理解了，我完全不記得。藉著名爲必要的內分泌的幫助之下，覺得好像總算撐過那個場面，又覺得好像讓善良的聖保羅市民陷入一片混亂後離開會場似的。我稍微想學英語會話是從這時候開始的。

所以被外國人問路，而答不出來的羞恥，其實並不算什麼。眞的不算什麼。

牛排、牛排

有時候會非常想吃牛排。

我本來不喜歡吃肉，日常生活大多只吃魚和蔬菜，不過兩個月一次左右，腦子裡會忽然啪一下浮起牛排的形象，就那樣固執地一直留在那裡。而且像這樣一想起牛排來時，就會坐立不安地想吃牛排到非吃不可的起步。這可能是身體極自然地需要肉的關係吧，可是那樣的話也可以吃壽喜燒或炸肉餅或漢堡或豬排或烤肉吧，我卻一定要吃牛排。或許牛排在我腦子裡是以「肉的記號」輸入的，我忽然這樣想。該說是記號，或像某種純粹概念似的東西。而且在我體內當肉的營養成分不足時，就會自動發出「肉，不足，嗶嗶」的訊號，那記號也好，概念也好，就會像白鯨那樣浮出意識的海面來。

就這樣，有時候我的身體會蠢蠢欲動地想吃牛排。

我喜歡的是極簡單的牛排。把恰到好處的上等美味的牛肉快速俐落地煎好，只從上面小心澆下肉汁的簡單得不能再簡單的牛排。調味是輕淡的鹽、胡椒就好。其他什麼都不要。

很遺憾的是，找遍廣大的東京街頭居然找不到一家能吃到這種美味牛排的餐廳。我請過很多人幫我介紹，自己也試著找過，可是居然找不到一家合理價格下能輕鬆享受美味牛排的餐廳。

我是成長在神戶的，神戶這個城市正如您所知道的，是個牛排餐廳很多的地方。所以小時候，家裡如果有「今天要到外面去吃飯」的時候，就常常會去吃牛排。那要說是大餐當然可以稱爲大餐，不過也有「就在附近」的某種輕鬆安適感，而且那牛排的味道也有「鄰家」似的輕鬆安適感。這是從前的事了，而且又是小孩的舌頭，所以不能說什麼大話，不過那味道我現在還多少記得，我想牛排的味道就應該那樣。現在很多地方偏偏卻把餐廳裝潢搞得豪華氣派，誇張的附加說明，強調格調如何高尚等等，至少在和牛排相關的方面，這些都不是我所要的。

回神戶的時候，爲了確認牛排是什麼味道，就走進牛排館去。於是正如我經常想的那樣，神戶的牛排味道確實和東京的味道不同。

雖然我不是要偏袒神戶，不過如果要我選的話，跟東京的牛排相較之下，我更喜歡神戶的牛排。料理的性質單純，有速度感。或者應該說正因爲單純所以有速度感吧。不過總之，會讓你覺得，嗯，好懷念啊。我覺得牛排這東西，以一句話說，應該是要不裝飾、不諂媚、不造作的「男人氣」食物。

我住在希臘的那半年裡經常吃牛排。因爲牛肉實在便宜到令人難以相信的地步。最高級的上等菲力牛肉，一公斤才千圓日幣左右，所以這絕對便宜。在厚平底鍋放上油，把希臘香蔥炒一炒，肉的表面嚓一下煎個半熟，輕輕澆上一點醬油，趁熱吃。這希臘香蔥還眞不簡單，和牛排很搭。一公斤的牛肉，就可以做三次兩人份的牛排了。因爲肉嫩，所以可以做牛肉炒飯，剩下的還可以作美味的湯。這樣才一千圓哪。這麼便宜的話，眞的可以放手開心地去做了，所以弄出相當豪放的味道來。在日本的時候，一說去買菲力牛肉來的話，會有一點緊張。我以爲牛排原則上與其在家裡作，不如應該在餐廳吃，不過只有那希臘式牛排現在想起來都好懷念。

另外一次我記得很清楚，是在美國喬治亞州亞特蘭大吃的牛排，那也非常便宜。傍晚走在路上忽然很想喝啤酒，就走進旁邊一家不錯的酒吧，也就順便點了餐。一看菜單上有"SURF AND TURF"。照字面翻譯的話就是「波浪和草坪」。搞不太清楚，不過心想沒關係就點來看看，結果出來一客好大的奶油炒蝦和厚達五公分的牛排和大量的炒飯（pilaf），另外還附加好多生菜沙拉。原來如此，這叫做「波浪和草坪」確實有道理，只是這量實在多得離譜了。很遺憾不能讓你看，實在不是一般人該吃的量。這樣我記得才一千五百日圓左右。最重要的是味道也相當符合我喜歡的簡單口味，肉柔軟又緊實。像這樣實實在在的牛排，能在普普通通地方的一般酒吧端出來，我很佩服地想，這應該可以說是美國潛藏的實力吧。大家都說美國牛排只是很大塊卻不好吃，不過我在南方吃的牛排，大體上都很美味。附的炸薯條也酥酥的，刀子一切下多汁的牛肉時，肉汁就滲入那旁邊的炒飯裡去。

不過寫著這種文章時，就會漸漸想吃牛排起來。眞傷腦筋。

美國的小說經常出現吃牛排的場景，我讀過的裡面覺得最美味的是哈德利・蔡斯（James Hadley Chase）的《布蘭迪斯小姐的蘭花》（*No Orchids For Miss Blandish*）開頭的部分。小說本身也很有趣，不過另外和這無關的是，每次我讀到開頭的部分時就會確實地，眞是條件反射式地想吃牛排。現在手頭上沒有這本書，很遺憾無法引用，我記得這本小說是從一個男人走進鄉下路邊一家風塵僕僕不起眼的餐廳開始描寫的。這個男人非常餓，向女服務生說：「給我牛排。」對於烤的方法和附的洋蔥要怎麼樣都詳細交代。廚師在鐵板上烤著牛排，炒著洋蔥。炒洋蔥的強烈香味刺激著男人旺盛的食慾。男人一面吞著唾液一面一直等著牛排端出來。外面道路上卡車捲起滾滾沙塵駛過，乾燥炎熱的太陽熾烈地照著大地。蔡斯簡潔而暴力性的文體、男人的食慾，和滋滋燒烤的氣味，眞是搭配得十分巧妙，一下就把讀者吸進小說的世界裡去。如果是炸豬排的話，就有點不搭調了。

總之今天要去吃牛排，嗯。

ON BEING FAMOUS（成為名人）

「成爲名人」——好像很糟糕的標題。不過請不要因爲光看到這樣的標題就認定我是個令人討厭的傢伙。我也只不過是個像晚秋的松鼠般、庸庸碌碌擁有各種問題的人。並不想再添加更多麻煩來源。我之所以會接這隨筆專欄，是因爲想試著把包圍著我的狀況，稍微正確地化爲文章看看。Real（眞實）而cool（冷酷）地。雖然不知道能不能順利做好。

我現在是作家，在眞實而冷酷的意義上，正成爲一個名人。不管我喜歡不喜歡，就是這樣。例如走在街上，不認識的人會跟我打招呼。「對不起，您是村上先生嗎？」所以我想算是名人吧。陌生人是不會向普通人打招呼的。至於有名的程度如何，在這裡不成問題。因爲如果把這個當問題來討論的話，事情會變得非常麻煩。我只想試著考察看看原則上的有名性（fame）而已。

被陌生人打招呼感覺很奇怪。因爲接下來就沒下文了。被問到：「您是村上先生嗎？」回答：「是。」沒有別的回答方法。而且也沒有必須進一步談下去的話題。爲什麼呢？因爲話題的中心就在我是村上春樹或不是這一點上。只要我回答完「是」之後，大多的場合，事情就在這裡結束了。哪裡也去不了，就這樣結束掉了。大多的場合，對方也不知道該多說什麼，我也完全不知道。於是就在莫名其妙之下，說一聲：「那麼，」「對不起，」就分開了。眞的好奇怪。我無論如何，不管經過多少年，都無法好好適應這樣的情況。我對所謂我這個人，從以前就很熟悉，而對於這樣的存在居然有不認識的陌生人感到興趣，這點我實在很難以眞實感來理解。

試想一想，從小，我就不是一個太引人注目的人。成績並不特別出色，運動方面不太特出。沒有領導才能，對社會順應能力也有問題。走到人前會感到混亂而無法好好說話，寧可一個人躲在角落裡讀書。總之是個生活極平凡的極普通的小孩。不想引人注意。也不是會引起老師注意的那種孩子。小學畢業、初中畢業、高中畢業、大學畢業，都繼續這樣。大家都認爲我是個極普通的少年、極普通的青年。我自己也這樣認爲。只能夠這樣想。因爲認爲自己不普通的想法是沒有任何根據的。

相反的卻有一些人很習慣於自己是個名人。他們從小就已經習慣出名。頭腦好、家世好、長相好、運動出色、能彈一手好鋼琴、擅長作文、有人緣。全校都知道他（她）的名字。「那個傢伙叫做什麼名字……嗯」，不會被人家這樣說。他們背後飄浮著天生就附有的光環般淡淡的光暈。而且一眼就可以看出他們是以有名的存在活著。附近鄰居都稱讚他們，同學都羨慕他們，老師們都對他們另眼看待。世上就是有這種孩子。我也認識幾個這種類型的孩子——以前的孩子們——大約十來個左右。他們之中大約半數現在還擁有光環。有人很會善用這個，有人則不太會用。不過就算程度有別，他們依然擁有光環。不過另外的半數左右卻已經失去光環。在人生的某個過程中光環已經消失。到底是怎麼消失或如何保留下來的，我不太清楚，總之有些就消失了。

我既不自豪，也不自卑，總之我沒有這種光環。聽起來像又在重複了，不過我真的是一個既平凡又無名的小孩。從來沒有因爲任何事情得過第一名，也沒有被表揚過。

不過二十九歲時我寫了小說，從此以後將近十年總算是以小說家的身分過著生活。書賣得算可以悠閒生活了，結果就成爲某種名人。

成爲名人是怎麼一回事呢？這不實際成爲名人是不會知道的。而且名人也有各種各樣、有各方面的。不過如果以一句話來說，可以說成爲名人的話，包圍著自己的善意和惡意的總量雙方面都會飛躍增大。每個人（應該是）周圍都

有幾個喜歡自己的朋友般的人，同時也有幾個不太喜歡自己的人。不過大概可以知道誰喜歡自己、誰不喜歡自己。那是個可能掌握範圍的世界。就像「我跟松下和本田合得來，跟鈴木就不行，我跟他個性不合」。這是普通人的生活。可是人一旦有名之後，卻從完全無法掌控的世界承受到無法掌控的善意和惡意。有時候會無緣無故地被大罵，有時會莫名其妙地被吹捧。這些對象是你一次也沒見過的，從來沒關係、連名字都不知道的人。喜歡這種人生的人適合成爲名人。不喜歡的人……只能算了。

我以我自己的做法，來對應這個。我原則上把村上春樹這個作家，和村上春樹這個個人分開成兩個來思考。換句話說，對我來說作家・村上春樹是一個假設。假設雖然在我身上，卻不是我本身。我這樣想。只要這樣想的話，就不太會受傷，頭腦也不會瘋掉。我・村上春樹，生活在可以掌握的小圈圈裡，作家・村上春樹，生活在無法掌握的大圈圈裡。我坐在書桌前時這兩者互相重疊，一離開書桌時，這兩者就各自回到自己所屬的世界去，各自擁有自己微小的自我。

不過就算這樣確實地real而cool地思考，這有名性依然常常會把我帶到一個非常不可思議而悲哀的地方去。那是一個封閉的遊樂場似的地方。空蕩蕩的沒有人影，陳舊的海報被風吹得啪搭啪搭飄揚，油漆剝落，鐵欄杆生鏽。這是哪裡呢？我想。為什麼我會在這裡呢？不過我就是在這裡。一個不知道入口和出口在哪裡的封閉的古老遊樂場。

有一天晚間十點左右，我走進附近的酒吧。店裡相當擁擠。我和太太兩個人。我們坐在餐桌，點了琴湯尼或什麼。然後談著家裡的瑣碎雜事。房子的貸款要怎麼湊，到誰家去要帶什麼禮物，好想去溫泉旅行，之類極普通的話題。任何夫婦都可能談到的普通話題。我剛剛完成一件工作，正鬆一口氣。才想要悠閒地喝一杯。重要的稿件裝在一個公事包裡，剛剛交完稿子給編輯。所以公事包是空的。雖然公事包跟我的外觀並不搭配（因爲當時我穿著夏威夷衫），但送稿子帶這個公事包最適合。稿子不會皺掉，大小也正好裝得下四百字稿紙。那家酒吧是我們常去的熟店，所以可以比較放鬆地喝酒。工作完畢悠閒地喝酒是很愉快的事。我們各喝了兩杯或三杯，付了帳走出外面。然後回家好好睡覺。不管哪件都是極普通的日常發生的事。我想，你也會做這樣的事。無論是跟太太或女朋友見面，喝個酒，放鬆一下，再回家。沒有任何奇怪的地方。也沒有任何不妥的地方。不是嗎？

然而幾天過後，我卻聽到一個有關我的傳聞。我的朋友告訴我這個傳聞。她的朋友那天晚上在那家酒吧看見我們。「村上春樹是個非常做作的討厭的男人。」這是那個朋友的朋友對我的感想。「帶著一個什麼公事包到酒吧喝酒，以爲自己是個名人就非常坐立不安。那模樣好明顯，一看就知道。」

有時候，只有非常少的時候，我會在那個被封閉的遊樂場裡。那是非常不可思議的風景。爲什麼會來到這樣的地方呢，我完全無法理解。不過總之已經來了。不管喜歡不喜歡。我環視週遭。周圍沒有人影。只有風發出乾乾的聲音吹過去，地上拉出形狀奇怪的長長影子而已。

然後我忽然這樣想。那些戴著光環的孩子們，一定也很辛苦吧？

在理髮廳思考肩膀酸

我本來不知道，不過聽人家說，「床屋」這用語是廣播禁止用語。在收音機和電視上必須說：「理髮廳」才行。不過如果說：「床屋桑」則好像介於×和○之間勉強算是△，可以通過。順便一提，蔬菜店也不能說：「八百屋」這是×，「八百屋桑」則算△。眞要命，世界這東西眞是複雜得不得了。床屋這種字眼到底什麼地方有歧視呢？那麼像「沒有才華的作家」這種批評就不算歧視語嗎？難道不應該用稍微婉轉一點像「才華不自由的作家」或「才華不夠的作家」的表現方式嗎？爲什麼「床屋」不行，「沒有才華」卻許可呢？「男妓」爲什麼不是歧視語？這樣說起來簡直沒完沒了，因此回到本題，床屋桑（△）的表現上。

老實說我從以前開始就對床屋（理髮廳）的馬殺雞很感冒。我想*High Fashion*雜誌的讀者中，可能有很多人沒去過床屋的，因此先說明一下，床屋的按摩過程是在洗頭髮之後做的。利用等頭髮乾的時間，插入和頭髮沒關係的作業，當作調劑。以肩膀和脖子和手臂等爲中心幫你揉啊揉地按摩。以時間來說，大約一分鐘或兩分鐘左右，不過我對這個眞不行。爲什麼不行呢？因爲我的肩膀完全不會酸。我有生以來，一次也沒有意識到或經驗過所謂的腰酸背痛（順便一提，很自豪也沒有宿醉、頭痛、便秘的經驗。幾乎從來沒有失眠過。厭惡自己則一年大約有兩次左右）。所以雖然覺得過意不去，但是在床屋，人家雖然一片好意幫我按摩，但我卻只覺得按得我好癢而已。大家都說肩膀酸痛好難過，不過不酸痛卻幫你按摩，其實也很痛苦。然而人家也是很專業地拼命在做的，說了好像在對人家的職業吹毛求疵似的，所以「這樣我會很癢，請不用幫我按摩」的話，很難說出口。所以這十年來每個月每個月，我都以這是一種人格修養的想法，咬緊牙根一直忍過來。就以去床屋這種好像不算什麼的事來說，就很清楚其實一個人的人生，並不是什麼玫瑰花園。

不過到了最近，倒有一件可喜的事，我對這馬殺雞已經不再感覺那麼痛苦了。或許因爲漸漸有了年紀，雖然並沒有明顯的自覺，不過我可能稍微出現肩膀酸的徵兆了也不一定。人家幫我按摩的時候，就算還不至於感覺：「啊，好舒服，」至少不像以前覺得那麼癢了。托這個福，去理髮廳也不像以前那麼痛苦了。人這種東西就是從一點小事的累積而逐漸上年紀的。

雖然如此，床屋桑還是常常會說：「村上先生您的肩膀不會酸啊？很少人肌肉像您這樣柔軟的。」爲什麼呢？我想。我父母親體質都是肩膀會酸的，我太太也是。只有我完全不酸。

「我們幫很多人按摩過，肩膀最容易酸的人，再怎麼說還是下將棋的棋士。」床屋桑說。因爲我去的床屋，就在將棋會館附近，所以下棋的人很常來。「很少人的肩膀像他們那樣僵硬。硬梆梆的簡直像石頭一樣。」床屋桑說。一定是用腦過度的關係吧？我想。眞可憐。不過等一下，試想一想，我也算是個小說家，也還算用腦啊。不，其實可能沒用多少？只是自己覺得好像在用腦而已嗎？寫小說是不是比下棋不用腦筋呢？如果這家床屋桑除了我以外還有別的小說家顧客的話，可能就可以比較一下了，很遺憾小說家客人只有我一個而已，因此沒辦法比較。或許他也會被說：「我按摩過很多種人，不過沒有人像小說家這樣肩膀不酸的。」

老實說我並不喜歡幫別人按摩肩膀。就像前面寫過的那樣，我父母親和太太都是會肩膀酸的體質，所以從以前開始就常常要我幫他們按摩肩膀，可是我眞是好討厭好討厭。因爲我自己沒有肩膀酸的經驗，所以不知道肩膀酸到底是怎麼回事，應該怎麼做，才能揉開僵硬的地方。不知道而做，當然不太有趣。

雖然如此，父母親的話，我幫他們按摩十分鐘左右就會給我零用錢，所以小時候因爲想要錢而忍耐著做下去。太太的話當然不會給我什麼。不但如此，連一句謝謝都沒有。「嗯嗯，那邊會痛啊。你眞不會按，」或「要用一點心去揣摩啊，」落得被這樣責備的下場。我如果抱怨的話，就反駁：「你能免掉別人肩膀酸的痛苦，就幫人家服務一下也是當然的。」「那好，我們交換一下立場吧。」被這樣說，偏偏想到這道理說不通，也只能放棄地繼續一個勁地按摩。

我認識一個很擅長按摩的男人。每次有人肩膀酸（對方多半是女性，不知道爲什麼），他就說，那我幫妳看一看，就去觸摸身體，找到僵硬的地方，刷刷地很快就巧妙紓解那酸痛。他跟我不一樣，作業簡潔要領很好，而且看起來就很有效。這個人因爲喜歡而更加用心，終於成爲一個專業按摩師，這種心情我也不是不能理解。如果我也能把別人的肩膀一摸一按，就能使別人像煙消霧散地晴朗起來般、肩膀酸痛頓時消失，「啊，眞舒服。簡直難以相信，眞的好感謝，」人家這樣道謝的話，我想心情一定很好。不管是什麼領域，能夠讓別人這樣眞誠歡喜，確實是一件非常開心的事。我也一樣，因爲有人讀過我寫的書，很高興地說：「啊眞有趣，」我才能繼續當個小說家。受到鼓勵，也會想寫更有趣的東西。雖然不是因爲要人家誇獎所以寫的，不過如果沒有任何人誇獎的話，我就算怎麼厚臉皮，也可能會氣餒而中途放棄。受到人家的喜愛沒有人會感到討厭的。這樣繼續下去可能就會成爲專家。我想這或許可以稱爲才華的傾向吧。產生一種傾向後，就會逐漸往前進展。而且結果有人就成爲專家。這種傾向是如何產生的，我不太清楚。或許這傾向本來就已經置入人性中了。有些人只在別人身上東摸西摸而已，就知道，啊這裡這樣僵硬，所以在這裡這樣按一按應該會好，有些人卻完全不知道（換句話說他的體內沒有置入這種才華），只會在不對的關節胡亂按，反而招惹太太責備。世界就是這樣非常不公平。

我爲什麼沒有成爲按摩專家（或當不成），卻像這樣當上專業作家呢？有時候會很認眞地覺得不可思議。這或許並不是本質上的差異，只是適不適合的一點點差別而已？就這樣有人成爲指壓師、有人成爲將棋士、有人成爲作家，人生是多麼單純、多麼不可思議的東西啊。

在不經意地想著這些事情之間，頭髮終於理好了。在床屋我想到很多事情。

歌劇之夜(1)

歌劇，這字眼不可思議地含有魅力的聲響。我絕對不是一個歌劇狂或歌劇迷，雖然如此"OPERA"（歌劇）這個單字卻很奇怪地會讓我的心震動。好吧，今天晚上去聽歌劇，一想到這裡，心就會怦怦跳起來，我非常喜歡開演前觀眾席的那種吱吱喳喳鬧烘烘的獨特吵雜聲，還有指揮走進交響樂團席，序曲終於要開始時的那種氣氛。就算沒有親自走到歌劇院去，只在家裡把貓抱在膝上，喝著便宜的葡萄酒，一面望著庭園的樟樹，一面悠閒地聽著歌劇唱片也相當不錯。加上最近還可以在錄影帶上看歌劇，眞值得高興。在自家沙發上一手拿著遙控器，一面躺著就可以一而再地重複看好幾次馬捷爾指揮的《唐．喬凡尼》和阿巴多指揮的《塞爾維亞的理髮師》，這應該算是最高的幸福吧。

仔細想想，歌劇眞是奇妙的東西。這種不簡單的十八世紀、十九世紀式，悠久而傳統的、非現實又非日常的東西，在現在這個一切事物都快速循環、各式各樣風格浮浮沉沉的忙碌時代，爲什麼還能繼續吸引人們的心呢？當然

十八、九世紀的東西，現在還繼續存在的並不是沒有。莎士比亞戲劇和歌舞伎到現在依然繼續上演。不過就拿歌舞伎爲例來看，就像在歐洲的歌劇那樣，到日本的各個地方去時，是不是一定也有歌舞伎座，一般人日常生活中也踴躍地去觀賞歌舞伎嗎？沒這回事。說起來歌舞伎這東西現在已經成爲一種裝腔作勢的傳統藝能了。莎士比亞劇也半斤八兩。不過歌劇卻完全不同。歌劇依然是當代的熱門娛樂。歌劇院裡的便宜座位依然充滿年輕人，熱門劇碼依然一票難求。眞不可思議。到底在歌劇這種音樂型態中，有什麼能那樣吸引現代人呢？

因爲我不是音樂評論家，也不是風俗現象論者，沒有責任也沒有必要一一去回答這樣的疑問（幸虧這樣）。我可以不必看任何人的臉色，也不必顧慮有誰會怪罪，「理由什麼的都無所謂，就是這麼回事，嗨唷！」，只要純粹輕鬆地享受歌劇就行了。不過我不禁要想，我們會被歌劇吸引的最大原因，其實難道不是可以「揮霍」嗎？可以揮霍時間，可以揮霍勞力，更重要的是讓巨大的時代錯誤成爲可能的「埋進非日常性」的感性揮霍。我們一定是在內心深處希求著這種東西。

我第一次接觸歌劇這種型態的音樂，確實是在中學時代，在電視上看到Mario del Monaco那傳說中的絕唱《小丑》。現在想起來那都是非常棒的《小丑》。就是這個啊！不愧是義大利歌劇，簡直可以用盡情揮灑來表現的充滿魄力的公演。「海灘男孩」迷的十二、三歲少年，爲什麼又會想看電視上的義大利歌劇團表演呢？因爲已經是太久以前的事了，我也記不清楚（啊，上了年紀之後爲什麼那麼多事情的動機都會消失到所謂不明的薄霧中去，看不清楚呢？）。或許是在啪啪地轉著頻道時，偶然發現的也不一定，或許是在好奇心這偉大的觸媒引導下所牽線的也不一定。不管怎麼樣。總之那是第一次。Mario del Monaco的《小丑》。

第一次去劇場看眞正的歌劇是《奧菲斯》（Orpheus）。我大概是高中生的時候，記得是米蘭室內歌劇團的公演。場地在大阪的Festival Hall。不過這是誰作曲的《奧菲斯》，到現在已經怎麼也想不起來了。記憶完全飛了。我一直在回想到底是誰，但就是不行。想不起來。不過總之這也是非常美好的公演。細節雖然忘了，但總之只記得非常棒。你要問我怎麼個棒法，我也傷腦筋。不管什麼都棒（嗨嗬！）我還記得看完後非常感動，在亢奮的情緒下，搭上電車回到神戶家裡。

從此以後，雖然不常卻也沒斷過，偶爾會再去聽歌劇。不過我終究沒有成爲歌劇狂。爲什麼呢？理由很簡單。就像前面也說過的那樣，歌劇的存在理由在於那揮霍性中，而我還沒有餘裕可以去做這樣的揮霍。所以高中畢業後的十幾年之間，我度過了和歌劇實質上無緣的歲月。不得不這樣。學生時代不用說，大學畢業開始工作之後，都實在沒有那個餘裕去看歌劇或買三張一套的歌劇唱片。我是在學生時代結婚的，所以大學畢業後總之也被生活逼得喘不過氣來。不是我自豪，不過一直很忙一直很窮。非常珍惜的幾張歌劇唱片也因爲需要用錢，而拿去中古唱片行賣掉。還不了貸款不知道怎麼辦才好時，當然不用說，實在不可能有什麼心情去想，好吧，現在去聽個歌劇。

幸虧我們這種眼看著就要見到無底洞似的毀滅性經濟狀況，幾年後就結束了，生活漸漸安定下來。不過雖然如此，直到三十出頭以前，我們總之還是被工作和生活雜事所追逐逼迫。一直很忙。該做的事情一件接一件地冒出來。身邊老是有什麼必須解決的問題。偶爾可以忙裡偷閒去聽個音樂會了。然而要聽歌劇卻還遙不可及。那對我們來說還很奢侈。就像費滋傑羅的《大亨小傳》中傑．蓋茨比在眺望著海峽對面的綠色燈火那樣，還十分遙遠。

終於可以和歌劇重逢了，是在我把以前的工作結束掉，當了專業作家，因此有了時間上的餘裕，偶爾會到國外去之後。首先是去德國看了《流浪的荷蘭人》和《魔笛》。我立刻就又被歌劇的魅力迷住。然後到義大利去住的時候，開始過起一有時間就去看歌劇的生活。在各個地方看了各種歌劇。威爾第、羅西尼、普契尼、莫札特……中場時間喝著便宜香檳，穿著我唯一的一套西裝，在大廳望著吵雜的人群姿態。然後我那歌劇之夜，心的震動又回來了，嗨喲！

歌劇之夜(2)

因爲有一點事情我離開羅馬，一個人到倫敦去住了一個月左右。從羅馬出去，大多的地方都會顯得比較理性，而其中倫敦這種傾向尤其強烈。人們整齊地排隊，稍微擦到肩膀都會禮貌地道歉。眞文明。我在攝政公園附近的聖瓊斯樹林租了短期出租公寓，在那裡一點一點地把小說做最後的修正1，到了晚上則去看電影、聽音樂。還有當然也去聽歌劇。

到英國來感到很高興的是，歌劇在很早的時間就開場了。大約七點半開始，最晚十點半就會結束。再到附近酒吧喝一杯bitter（苦啤酒）才回家睡覺，時間配合得正好。地下鐵和巴士也都還在行駛。

義大利就不是這樣了。義大利的歌劇九點才開始，十二點結束。我是早睡的人，所以過了十一點就睏得不得了。走出劇場時，公共交通工具已經完全stop。也找不到計程車。就算找得到，我也沒有精神在深夜跟義大利計程車司機討價還價。

說到倫敦的歌劇，當然要提著名的柯芬園皇家歌劇院，不提就無法談英國歌劇了。不過也不能忘記英國國家歌劇院。這年春天，倫敦歌劇的注目焦點都集中在柴菲雷利（Franco Zeffirelli）導演的《托斯卡》（La Tosca）（皇家歌劇院）和布瑞頓（Britten）的《比利・巴德》（Billy Budd）（國家歌劇院）。很遺憾我沒看到《托斯卡》，不過卻看了柴可夫斯基的《尤金・奧尼根』（Eugene Onegin），由芙雷妮（Mirella Freni）唱塔提雅娜（Tatiana）（皇家歌劇院）。便宜票都賣完了，我不得不買四十八英鎊相當貴的票，算了，沒辦法。不過是個感覺相當好的舞台。尤其主角之外的其他角色也都很扎實，令人佩服，不愧是皇家歌劇院。

《比利・巴德》的美好之處有點難以描述。這齣歌劇一直以船上爲舞台，只有男人出場，故事也很陰鬱，又沒有華麗的aria（獨唱詠嘆曲），眞是很難表現的歌劇，飾演主角比利的托瑪斯・阿倫和飾演船長巴德的菲利浦・藍格里吉的歌眞是優美而且有深度，讓你的心感動得像揪緊了似的。不管要付出多少代價，都該去弄到一張《比利・巴德》的票。某個報紙評論這樣寫，老實說我也有同感。我買到的是站票（不過中途發現附近有空位，就幸運地坐下來。這本來是違反規定，被禁止的），票價三英鎊五十先令，大約八百日圓這麼便宜。舞台相當遠，音響方面沒有任何問題。看完這樣美好的歌劇之後，走進蘇活區一帶的酒吧，點了一品脫的苦啤酒咕嘟咕嘟乾掉，那種痛快是什麼也無法代替的。看完美好歌劇之後情緒的亢奮，和聽過美好音樂會後的亢奮比起來，感覺好像又有一點不同。對，歌劇眞是很特別的東西。歌劇就是歌劇，不是歌劇以外的任何東西。

就因爲這樣，世上才有所謂歌劇狂的人種存在。人數比起汽車狂或郵票收藏家之類的人種當然少，不過他們也儼然存在。

我讀英國某個雜誌，刊登了一篇題目叫〈去看歌劇的人都是瘋子〉的報導，內容描寫歌劇狂。是一本相當有趣的讀物。讀過後就會清楚知道常去看歌劇的人其實並不都是有錢人。

例如有一位叫做朱利亞斯．史丹的老伯八十二歲，是一家工廠的清潔工。他下班後回到肯梭．格林（Kensal Green）的便宜公寓房間，換過衣服到科芬園去。他到歌劇院並沒有特地盛裝。史丹先生的說法是「並不是穿上好衣服就能聽得到好音樂」，說得也有道理。他到了歌劇院，先到販賣部買咖啡喝，然後找到座位坐下時正好趕上歌劇開演時刻。他每天晚上、每天晚上都繼續這樣。每次買的票都是兩英鎊的。這種座位族人數還相當多，其中有一位老太太光是《費加洛的婚禮》居然就看了五百二十次之多。啊，這種道理也說不清的熱情，連雜誌撰文者都嘆息了。

說起來便宜座位和貴的座位是完全不同的世界，例如科芬園，兩者的入口就在完全不同的地方。大廳也不同。便宜座位從旁邊的Floral Street入口進入，從兩英鎊的便宜座位只能看到舞台的大約一半。不過對於心想大致動作都已經知道，只要聽聽歌就好的人，並沒有任何不方便。

貴的座位客人大概分爲兩類。首先第一類是，屬於上流社會的人。從劇作家品特（Harold Pinter）到藝術家霍克尼（David Hockney），實在有很多各種高貴人士定期到科芬園來。有錢又有名的人、有錢但不太有名的人、有名但不太有錢的人，這些人都穿著非常高尚時髦的服裝緩緩在大廳穿梭，買瓶裝香檳喝著。看到認識的人就互相打打招呼聊聊天。簡單說，這是社交場合（啊，我竟然在那同樣的大廳穿著一身牛仔裝，喝著便宜的葡萄酒。雖然Trussardi的牛仔裝在義大利也相當貴，但很不幸並不適合科芬園的夜晚）。

「然後第二個族群是持有公司的票，被命令要好好招待日本重要貴賓的不幸業務員。」報導這樣繼續。「說不幸是因爲他們全都被當傻瓜。他們不懂禮節，只會嘴巴喋喋不休地說明著情節，卻連歌劇和芭蕾的不同都搞不太清楚。」

那光景可以想像得出，眞可怕啊。

不過住在一個票價只要四百日圓多一點，就能每天晚上聽歌劇的城市，我覺得眞棒。說到享受歌劇的祕訣，不管怎麼說，首先還是要看過很多歌劇，累積場數之後再說。與其談理論或什麼，歌劇這東西首先還是要看場數。先把所謂歌劇的世界和那空氣擁進體內。然後踏過的場數越多，整個人就會陷進所謂歌劇狂的泥沼中不可自拔了。啊啊。

譯注：

1. 這裡的小說指的是《挪威的森林》。村上在希臘和羅馬把這部小說繼續寫完，到倫敦做最後的修正後交稿給講談社出版，成爲他最暢銷的代表作。

「太空船」號的光和影

以前，將近十年前，我個人曾經擁有過一台彈珠玩具機。那是在寫完《1973年的彈珠玩具》小說之後，由於某種原因而得手的。詳細原因和經過說來話長，在這裡省略，總之我得到了。是免費的。我送了幫我弄到手的人一瓶「野火雞」表示感謝，就結了。

機器是名叫「太空船」的相當古老的機型。因爲是從前的東西，所以並沒有用電腦或眞空管，數字也不是數位的，而是滾筒會卡嚓卡嚓迴轉的很原始的那種，揮把只有兩個，得分頂多只有五位數，總之是極普通、極普通的傳統機型。我想大概是一九五〇年代後半到六〇年代前半的產品。要說很陳年（vintage），確實很陳年，要說很破舊也很破舊……。這一帶的分界，就像這類物品的大多數那樣，極不明確。如果你喜歡就是陳年，如果你不喜歡就是破舊的廢物，總之就憑一個心情。

不過我倒是第一眼就中意這台機器了。理由是，第一、機器的控制沒有誇張造作的地方。看起來沒有多餘又近乎不理人程度的設計。S·P·A·C·E·S·H·I·P這樣縱向排列的九個英文字母，燈光全部亮起來時，就會顯示出得分，往彈珠槽砰一下使勁彈出球的話（應該形容成「打出」才正確吧），another ball就會彈出來，可以玩兩個彈珠。規則只有這樣而已。非常非常非常簡單。可以不用考慮任何其他事情。

第二，是結構上眞的簡單又符合人體（physical）的機器。站在前面時，機器所意味的東西全部一目了然。這台可愛的機器是我們日常可以掌握的正常材料——玻璃、木材、發條、金屬、塑膠和小電燈泡——所製成的。像我這樣對機械結構向來疏遠的人，都能大致理解那是怎麼樣的組合法。以音響來比喻的話，很類似稍前一個時代的眞空管式古老增幅器。單純、巨大、沒有小轉彎，性能效率宿命性地差。不過不管怎麼樣，原理卻大致可以理解。我個人喜歡這種機器。有好感。說得更誇張一點，可以感情移入。不過卻也散發著某種即將滅絕的恐龍似的哀愁。

當時我正在一面寫小說一面經營一家店（像酒吧的餐廳），剛開始我把這台機器放在店裡。雖說如此，卻不讓客人碰。我才不讓客人觸摸呢。工作完畢後，我自己一個人一面喝酒一面玩而已。凌晨一點睡前玩的彈珠玩具。打烊後電燈關掉的店裡暗暗的。窗外看得見新宿高層大樓的電燈。週遭一片寂靜。我放著古老的Sarah Vaughan的唱片。玻璃杯裡注入啤酒，手邊放著菸灰缸，點上香菸（啊，那時候還抽菸，一天抽到五十根之多），盡情按免費玩的按鈕，痛快地玩，砰，咯咚咯咚咯咚、啪啪、吭康吭康、砰砰，一個人痛快地盡情玩。在昏暗中，S．P．A．C．E的字母一一順序亮起藍燈。好啊，這樣使出渾身力氣用揮把把彈珠彈出。在彈出的三角形空間中猛烈轉動的彈珠，發出咯咚咯咚實實在在的聲音慢慢滾下揮把的方向。揮把將它們收納下來，使盡各種愛的祕術凝聚起來，加以轉換，再重新打出。這是非常親密的動作。其中確實感覺得到有微小的心的交流般的東西。在同時擁有兩種職業正感到疲憊不堪的我，和落後時代的「太空船」之間。

我雖然也稍微玩一點電視遊樂器，不過玩電視遊樂器不管多熱中，都從來沒有過這種親密的感覺。那是非常高度的神經磨損。我們通過電腦黑盒子這樣一個無法碰觸的迷宮和螢幕相對。背景繼續流蕩出神經質而奇怪的無表情音樂。這裡頭沒有「用力呀！」這種確實而簡單的肉體呼應。

或許我已經落後時代了吧。

不過我在深夜打烊後的店裡，一個人啪搭啪搭地繼續敲打著揮把按鈕的情景，到現在都還記得，非常懷念。很遺憾，現在到任何遊樂中心都沒有這種機型了。有時候會試著挑戰一下新的彈珠玩具機，但那對我來說結構太複雜，動作太忙碌。不能在等彈珠落到揮把下時，有任何餘裕可以喝一口酒，點一下菸。嘿，不就是個遊戲嘛？我每次都這樣想，爲什麼非要一下跑東，一下跑西不可呢？爲什麼非要一一發出那樣無聊的音效不可呢？

我在把店關掉、專心當起專業作家時，把那台「太空船」搬回去自己家裡放。當時住的房子有一個小地下室，因此把機器放在那裡，工作累了時，常常會下去打一打。不過很不可思議，那打烊後玩睡前彈珠遊戲時的親密感，卻再也沒回來過。爲什麼呢？我也不明白。卻有什麼不一樣了。對了，空氣不一樣。爲什麼呢？或許遊戲的種類微妙地改變了吧。

或許。

結果在下次搬家的時候，就把機器處理掉了。演奏型大鋼琴和彈珠玩具機不是適合搬家的家具。實在太重了，又占空間。最後那陣子也常常到處故障。我雖然熟讀了到美國去時買回來的彈珠玩具機維護書，拼命努力試著修一修機器，不過還是壽命到了吧。朋友中有一個正好精通這方面機械的人，說如果可以他願意接收過去，於是就讓給了他。

他來接收彈珠玩具機時的光景有點悲哀。搬到太陽下一看，有點髒，看起來就是個落後時代的玩意兒。簡直就像年老了毛相已經變差的馬那樣。三個人合力把那台機器搬上小卡車的貨台。眞的爲什麼這麼重呢？我覺得不可思議。眞像我自己本身，或我所不認識的誰的過去的影子，好沉重。於是最後，彈珠玩具機就從我們家消失了。

個人擁有彈珠玩具機這回事，我想是在背負一種沉重的負擔。我個人，從經驗上，這樣想。擁有彈珠玩具機，和擁有電視遊戲軟體是完全不同的兩回事。那東西很不可思議地甚至吸進了擁有者的生活方式和每天的想法似的，漸漸變得更加沉重。這就是那大得愚蠢、重得可憐的恐龍般的機械的習性。不過有一種人在某一段時期（可能）卻毫無辦法地會被這種東西吸引。我個人，從經驗上，這樣想。

貧窮到哪裡去了？

不是我自豪，我以前相當窮。剛結婚那陣子，我們在沒有任何家具的房間裡悄悄過日子。連暖爐都沒有，寒冷的夜晚抱著貓取暖。貓也很怕冷，所以拼命靠近來黏著人。這麼一來，已經形成共生般的關係了。走在街上口乾舌燥也從來沒進去過喫茶店。沒去旅行，沒買衣服。只是不斷工作。不過從來沒有一次認爲這樣是不幸。當然想過如果有錢的話該多好，但沒有就是沒有，所以就想這也沒辦法啊。因爲沒錢實在想不出辦法來，我跟太太兩個人曾經半夜默默地低頭走在路上時，撿到三張一萬圓鈔票。雖然覺得不對，不過我們並沒有送去派出所，就拿那個錢去還貸款。人生還是不該輕易放棄的，那時候這麼想。我們還年輕，還相當不懂事，而且彼此相愛，貧窮一點也不可怕。雖然大學畢業了，卻不想去上一般的班，過得相當隨心所欲。以客觀來看，好像是從世間掉落的邊緣人似的，卻還不至於到不安的地步。

不過，總之很窮。

談到當時的事情，簡直沒完沒了。曾經有過這樣的事，也有過那樣的事，話題層出不窮。也就是所謂以貧窮自豪的傢伙。以前朋友一聚會，大家都常拿貧窮當自豪的話題。總有人拿自己過去（或現在）如何貧窮來談。於是另一個就說：「開玩笑，那算什麼窮？」還說：「我啊，一星期都吃貓食過日子。」可能是我所處的環境使然吧，我周圍有很多這種窮人。他們不是開玩笑而是眞的窮。小林沒有東西吃，曾經吃掉一大碗香菇芯，而食物中毒。正常人是不會吃那種東西的。堀內也窮得不行，經常餓著肚子走路都搖搖晃晃地晃著走。到前一陣子爲止（才不過四、五年前）我周圍幾乎沒有人有車子。就算有，也是發出非常大聲音的三機型前的豐田可樂娜，或骯髒的 LITEACE 廂型車之類的而已。而且這種事我還認爲是理所當然的。

然而不知不覺之間，大家都不可思議地不再貧窮了。我們周圍已經有幾個人開起賓士車。有人擁有ＢＭＷ，也有人擁有ＶＯＬＶＯ了。並不是我周圍有錢的朋友增加了。而是以前就認識的人，大家好像都不再那麼窮了。

不過這可能和年齡有關吧。大家的年齡都增加了，總是都當上了什麼。不過同時，我想，世間的風潮也是相當大的要素吧。也就是說，現在世界已經不太會讚美貧窮了。只把貧窮當成一種沒錢的悲慘狀況來理解。所以拿貧窮來自豪已經完全失去意義了。

此外和年輕女孩談話時——不是找藉口，不過眞的很少——她們都很清楚地說不想要貧窮。「想結婚。不過不願意降低生活水準。」她們說。而且那還不是「希望」，而是「表明信念」。相當清楚地說出來。我問：「妳討厭貧窮嗎？」回答：「絕對討厭。」然後問：「村上先生以前很窮嗎？」我說：「是啊。」她們大多臉色有點爲難。她們不太能具體想像所謂貧窮的狀況。因爲無法想像當然感到困惑。年輕女孩一困惑我也困惑，那時只好趕快改變話題。不會搞錯了還拿貧窮來炫耀。那種話題只會落得惹人厭而已。

貧窮到底到哪裡去了？我有時會這樣想。

這種事情說起來可能眞的會讓人感覺上了年紀，而且惹人厭，不過以前（二十年前）女孩子是不太說得出：「我絕對討厭貧窮。」這種話的。至少在我周圍的女孩子不會。我覺得她們似乎與其考慮錢的事，不如更在意能接受的生活方式。而且很多實際上也過著那樣的生活方式。當然也有很多女孩子不是這樣。也有只跟開進口車的男孩約會的女孩。不過那種畢竟還是少數，至少她們跟我沒有什麼緣分。我周圍的普通女孩子並不介意沒有車和沒有錢。我沒有錢的話，約會的時候對方也會拿錢出來付帳。這種事並沒有什麼羞恥

的。我們所追求的是其他別的東西。當然我想沒有誰會願意主動變窮的。不過那就像一種通過儀式吧，我們或許只能這樣無奈地想。而實際上也是這樣。實際上——這樣寫雖然非常羞恥——貧窮其實是非常快樂的。夏天熱得要死的下午，腦袋昏昏沉沉的想走進喫茶店去喝一杯冰咖啡，我跟太太兩個人還是互相鼓勵著說：「忍耐吧，」終於走到家咕嘟咕嘟地喝麥茶……那樣也非常非常快樂。並不因爲那是從前的往事了所以快樂。那是跟錢沒有關係的事。說起來這就是想像力的問題。只要有想像力，我們大多的東西都可以克服。不管有錢也好，貧窮也好。

貧窮到底到哪裡去了？貧窮消失了嗎？

當然貧窮並沒有消失。貧窮是不會消失的狀況。

星期天早晨我在我家附近散步時，看到一個穿U型領襯衫、鬆垮垮百慕達短褲、塑膠拖鞋的阿伯，在大廈停車場正寶貝地洗著他白色賓士汽車的光景。看到這個時，我就想說：「嘿，阿伯，那樣很窮噢。」我太太卻說：「那是你個人的偏見吧？」

後記

收在這本書的隨筆，是從一九八三年開始大約五年之間所寫的。其中大部分曾經在*High Fashion*雜誌上連載過。連載登了三十五次，不過後來重讀起來，其中的十二篇自己不太滿意，所以沒收在這次的單行本中，不過另外卻從抽屜裡抽出一堆爲別的雜誌所寫，或漫無目的隨便寫了就放著的隨筆，找出可以用的加以修改後，追加了八篇。

對我來說的一九八三年到八八年，以年齡來說是從三十四歲到三十九歲，以小說來說是從《尋羊冒險記》到《挪威的森林》的期間。在這之間我搬了四次家，後來的幾年我住在歐洲。東飄西蕩地到處移動相當忙碌……一面這樣說著一面又再搬家，不過這次是搬到美國去住。

因爲是以前寫的東西，所以仔細讀起來有很多部分已經和現在的實際情形不符合了，（例如ＪＲ還用「國鐵」的說法），一旦修改起來，好像沒完沒了，所以幾乎就照原來的形式收錄進來。１２１頁中所記載的「小情報」在*High*

*Fashion*編輯部評語很差，不過因為眞的也是事實，於是決定不刪。

一九九二年三月二十五日

村上春樹

藍小說 94

村上朝日堂嗨嗬！

作　者—村上春樹
繪　圖—安西水丸
譯　者—賴明珠
副總編輯—葉美瑤
編　輯—邱淑鈴
圖說手寫字—阿尼默
美術設計—陳文德
企　畫—黃千芳
校　對—賴明珠、姚明珮、邱淑鈴

發 行 人—趙政岷
出 版 者—時報文化出版企業股份有限公司
108019台北市和平西路三段二四〇號三樓
發行專線—（〇二）二三〇六—六八四二
讀者服務專線—〇八〇〇—二三一—七〇五
（〇二）二三〇四—七一〇三
讀者服務傳真—（〇二）二三〇四—六八五八
郵撥—一九三四四七二四時報文化出版公司
信箱—10899台北華江橋郵局第九十九信箱

時報悅讀網—https://www.readingtimes.com.tw
綠活線臉書—https://www.facebook.com/readingtimesgreenlife
法律顧問—理律法律事務所　陳長文律師、李念祖律師
印　刷—勁達印刷有限公司
初版一刷—二〇〇七年十一月五日
初版九刷—二〇二三年四月十七日
定　價—新台幣二二〇元

時報文化出版公司成立於一九七五年，
並於一九九九年股票上櫃公開發行，於二〇〇八年脫離中時集團非屬旺中，
以「尊重智慧與創意的文化事業」為信念。

ISBN 978-957-13-4746-2
Printed in Taiwan

村上朝日堂嗨嗬！/ 村上春樹著；安西水丸圖；賴明珠譯. -- 初版. -- 臺北市：時報文化, 2007.11
面；　公分. --（藍小說；948）

ISBN 978-957-13-4746-2（平裝）

861.6　　　　96019419